新潮文庫

父・こんなこと

幸田文著

版

899

目次

解説　塩谷賛

父・こんなこと

父

―その死―

菅野《すがの》の記

なんにしても、ひどい暑さだった。それに雨というものが降らなかった。あの年の関東のあの暑さは、焦土の暑さだったと云《い》うよりほかないものだと、私はいまも思っている。前年の夏だってその前の夏だって暑かったのだろうが、日本はまだ戦っていた。誰の眼《め》にも旗色は悪く、戦争の疲労と倦怠《けんたい》になげやりになっていたとは云え、それでもみんなそれぞれの親を子を兄弟を砲弾の下に送ってい、自分たちもいつ空襲に死ぬかわからない恐怖で、暑さなんぞに負けてはいられなかった。終戦が八月十五日、すでに秋の気が立っていた。そして翌々二十二年夏、新聞も何十年ぶりかの暑さと報じ、実際寒暖計もそう示していたろうが、人の気というものも暑さに弛緩《しかん》して反応なく、うだればうだったなりにふやけていた。

まっとうの覚悟で起きあがろうとするものには、なおまだしばらくの休養の時間が必要らしくて、もの憂《う》げだったし、闇屋《やみや》とそれに類するやからだけが焼けあとに乱れ騒いでいた。が、その人たちが逸早《いちはや》く建てた住いといえば、なまじいに新しいだけなおみじめに見える、こっぱ小屋でしかなく、それとてもどれだけの数があるというではなく、焼けた残骸《ざんがい》の堆積《たいせき》にくらべて、なんとさみしいものだったろう。熔《と》け流れたガラス、反つくりかえった鉄骨、崩れた石。地上満目の焦土は、いまだに宿火をいだいているかに、ちろちろと火のない焔《ほのお》を燃やしてい、天上おおぞらいっぱいには、くるめく太陽が酷熱を以《もっ》てのしかかってい、人々は黄色くしなびて頸《くび》を垂れ、暑さに負けっ放しに負けて恥かしいとも思わなくなっていた。去年も今年も夏はめぐって来たけれど、あの年の暑さは別だった。あんなに人がみんな暑さを無気力に承服したのを見たことはない。焦土二年の悲しい暑さが、あの年の夏だった。

私たち父も子も、せんから暑さに弱いたちだった。毎年七月八月を過すための、二人ともきまった処方箋《しょほうせん》を持って、それにしたがって暮した。父は悠々《ゆうゆう》と好む道に遊んだ。若いときは釣《つり》に読書に、晩年は専《もっぱ》ら読書に費した。私は好まざる道に努力した。よごれた衣類を洗ったり張ったり、ことに縫うことは最も好まないしごとだったから、ただ一刻も早く仕上げるということを楽しみにして努力した。父は夕風に晩酌《ばんしゃく》を楽しみ、子は蚊帳《かや》に安眠を貪《むさぼ》った。これが父と子の定例の対暑法だった。その年、父はもう読書ができなくなっていた。臥《ね》たきりではあり、視力がはなはだしく衰え、眼鏡をかけたうえ更に精巧な拡大鏡を使わなくては見えず、割合に重いそのレンズを上下して読むことは、腕がさきに疲れてたまらないらしく、あれほど好きで間《ま》がな暇がな読んでいた人が、その楽しみを投げて、まじりまじりとしていた。私は私で、かつて経験したことのないからだつきになっていた。どうにもからだがきびきびと動かない。たまに少し調子よく乗って来るときがあっても、自分の能力の極限まで行かないうちに、突然妙な不安に襲われて、――そう、襲われるというのがぴったりあてはまる詞《ことば》だった――集中しつくしてする状態になれなかった。

はじめは考えても見まわしても何の不安なのか、まるで見当もつかず、どうしてそう幾度も変な気もちになるのか不気味だった。張板《はりいた》にかがんだまま、はっとどきどきしたり、虎斑《とらふ》のようになってじりじり乾いて行く布を見ているとき急にこわいように居《い》しかんだり、そんな時うろたえて立とうとすると眼がくらんだ。ある時ふと、その状態になっている間は心臓が非常に圧力をもって躍っているのに心づいた。不安から乱脈になるのでなく、いきなり心臓が躍りだして、直後に不安に襲われるもののようであった。精神の云うことを聴かないからだのけだるさも、故《ゆえ》のない不安の原因も、心臓が弱くなったせいかと思えば一応はわかったようでもあるが、気もちはさっぱりとかたづくわけには行かなく、舌うちのしたいような、いらいらしさを持てあますばかりだった。永年の対暑法は、父子ともに崩されていた。

そのうえ住いは手狭だった。恐るべき住宅難のさなかだったから、二畳・四畳半・八畳三間の家は、父・子・孫の三人にはゆとりのある広さのものと云われる相場であり、人々の好意によって借り得た家だったけれど、明るいかわりに庇《ひさし》は深くなく、瓦《かわら》は葺《ふ》いてあっても檐《のき》は高いと云えなかった。東は青々と陸稲《おかぼ》の畑にひらけて、猛烈な朝日を遮《さえぎ》るものはなく、南北の両隣は迫って風を塞《ふさ》ぎ、西を受けた台処《だいどころ》は蒸れてものの臭《にお》いを沸きたたせた。それでも一軒一家の住宅は当時奇蹟《きせき》のようなありがたさで、父は何にも不平を云わず、私も間借り炊事の煩《わずら》わしさから遁《のが》れたことを感謝していたし、孫も住み馴《な》れた家の焼けたことに執著《しゅうちゃく》を残していなかった。ここは謂《い》わゆる借家普請《ふしん》であった。それまで住んでいた人も戦争におびえて家を愛するだけの余裕ある住みかたをしなかったのだろうし、私たちにしても人手も物も得られなかった。雨が漏って、そのたびに病床を引きずりまわさなければならなくても、父は黙って笑っている。畳に大穴が明いていても、「わたしのためなら臥ているんだからかまわないよ。それより早く自分のうちを調える才覚を積んだ方がいい」と平気でいた。が、ただ一ツ、天井だけを父は、ほほうと驚き、「気もちのいいものじゃないな」と云った。それはベニヤ板か厚ボールか、それへ木目を印刷した紙を張ったものらしい。鶉《うずら》を摸《も》したような茶色のぼてぼてした木目の模様は、八畳の天井いっぱい、どのこまもどのこまも皆同じ柄《がら》でつまっていた。父は向嶋蝸牛庵《むこうじまかぎゅうあん》を講談社に売って以来、住いに恵まれず、私は新聞広告を頼り、伝手《つて》に縋《すが》って、辛抱強く日課のように何十軒の借家や売家を見てまわったが、遂《つい》にああした天井のあることを知らなかった。臥たっきりの父には、こたえた風景だったとおもう。

　空襲以来、父は臥たきりになってしまった。だから足かけ三年まる二年余、起《た》つことができない床にいた。人手は払底であり、女中奉公人など求めても所詮《しょせん》むだは知れていたが、なにより私を控えさせてしまったのは若い女の人たちの気風だった。戦争中からそういう傾向が著しく、敗戦後は加速度でこの年頃《としごろ》の人たちが変って行っていた。野放図もない臆面《おくめん》なさ、粗暴な動作は殆《ほとん》どとめど知らずに見え、よしんば破格の給料を以て迎えたにしても、父の癇癖《かんぺき》、私の依怙地《いこじ》、通学に余暇のない孫の三人がつくり成しているる、一種のイズムのある家庭では、到底うまく行くどころか悶著煩累《もんちゃくはんるい》のほかに何がありよう筈《はず》はなかった。七月、学校は暑中休暇に入った。私はそれを待っていた。学期中は朝食を済ませるとすぐ出かけてしまわなければ間にあわない玉子《たまこ》の手が、休みのあいだ中は私の援《たす》けをしてもらえるからである。私は玉子と一週間交替で、炊事とみとりを代りあってしていた。

　ながい昔から父には生活の習慣があった。朝、眼覚めていつまで床にぐずついていたためしがない。夏冬と違うにしても眼の覚める時間はほぼ一定していて、前夜すこし酒を過しても、それで翌朝ひどい朝寝をすることもまあ無いし、眼が冴《さ》えて夜なかの読書などしていても、大概起きる時間には自然覚めるらしかった。起きるとすぐ手水《ちょうず》、座に著《つ》いて一服、目の前で煎《い》れさせた焙《ほう》じ茶一杯、新聞・書信に目を通して朝食、ときまっている。臥ていてもその通り、眼が覚めればすぐに雨戸を払って、手早く部屋の掃除をする。著《き》かえこそしない寝巻のままだけれど、助け起せば床の上にすわって、ひとりで顔も洗い口も嗽《すす》ぐ。二人の手ならば一人がそんな身のまわりの小間用《こまよう》をしているうち、片方は煙草盆《たばこぼん》の火を入れ、茶を焙じ、朝食を用意し、一人が給仕している間に一人は近処の牧場――と云っても五六丁はある処へ、その朝搾《しぼ》りたての牛乳を取りに、とっとと往復する。お膳《ぜん》がさがって来るとひきちがえに、中温にした牛乳を出す。茶を飲んで更に一服、暫時《しばらく》してお経を誦《よ》む。要品《ようほん》である。これは延子叔母が亡《な》くなってからの、父の朝のならわしになっていた。お経が済めば手を添えて横にしてあげる。

これだけのことだから一人手でできないことはないけれど、掃除をしている間に洗面の支度をしたり、一度に二ツはできないとすれば、一ツ一ツのことにはどうでも合間がいる、それを父は無類にじれったがった。いきおい丁寧なしごとがしていられず、用の済んだ手水の道具を廊下に押しだしておいたなり、あわてて煙草盆に火を入れて出さなくてはならない。父の気に入る灰の盛りよう、煙管《きせる》の掃除も知らないわけではないけれど、まず第一に間拍子《まびょうし》よく間に合わせて行かなくては機嫌《きげん》が悪くなってしまった。指のさきへ力が入りきらないようなけだるさと、集中できなくなった神経では、とても父の歩度について行くことが苦しかった。気先《きさき》を悪くさせまいとすればするほど不手際《ふてぎわ》をやった。父の手もとの確かでないのを気づかいつつ、給仕の盆のふちで茶碗《ちゃわん》をひっくり返したり、遅くなったと急《せ》ききって、コップのふちから牛乳を溢《あふ》れさせたり、一体いままでそんなに不調法ではなかったのに、その夏はまったく不出来だった。玉子の休暇がうれしかった。やっと、ほっとした感じだった。

*

私が台処の番だった。玉子がみとりの番で、雨戸を明けて掃除に部屋へはいって行ったと思うと、おじいちゃまが血だらけだと、あたふたと声をひそめて知らせた。これが父を死まで引っぱってしまったものの、一番はじめの触れであった。顔・髯《ひげ》・手・枕《まくら》・シーツと紅《あか》くしていたが、父は何も気づかない様子であり、私は瞬間はっとしたけれど、まさか一大事に尾を曳《ひ》くとはおもわなかった。のちに悲しく気づいた。死は父を奪うに、なんとふてぶてしくやって来たことだかと。しょっぱなから鮮明な血の彩《いろどり》をもって、不敵に面《つら》つき出して挑《いど》んだことだった。また思う、それは父から生命を剝奪《はくだつ》して行ったのではなかったと。父はもはや抗《あらが》わなかったにちがいない、むしろ任せていたのではなかろうか。したがって死は、父から切りとって奪うべき何ものもなかったのだし、何の傷をも与え得られないほど父は自若としていたろう。死の表現は父幸田成行《しげゆき》の上に於《お》て確《しか》となされたけれど、死の挑戦《ちょうせん》と惨虐《ざんぎゃく》と眩惑《げんわく》とは、実は私に対《むか》ってなされていたのではなかろうか。それなら効果は挙った。私はいまだに癒《い》えぬ痛恨をのこしている。

生れいずる苦しみというが、誰が生れいずるときの苦しみをよく云えるだろうか。生みいだす苦しみを人間と動物の女性が知っているだけではなかろうか。生れいずる苦しみを誰も知っていないように、死の苦しみも誰も証拠だてておちいった人はないようだ。死はその人の上になされても、死の苦しみというものはあるいはその人と最もかかわり深き生きのこりものに授けられるものではないだろうか。それはたしかに謂わゆる苦しみ死にに死ぬ人もあると聞いている。死が直接にその人から生命を強奪して行くようにおもえる。すなわち死はその人を目的にして、ぴたりと相対《あいたい》していたかたちと云えないだろうか。死の目的はいろいろだ。死そのものはそのからだの上になされても、目的はよその人に対っているかもしれない。時に七月十一日であった。あるいは出血は前夜半、やはり正しくは十一日午前と見るべきとおもう。

一ト通り汚れものの始末をし、平常と変りなく朝食の支度をした。父の表情からは何の異状も不安も発見できなかったが、私は次第々々に畏《おそ》れが大きくなって、流しの框《かまち》をあがるときに足の骨がくすぐったいようで、膝《ひざ》が踏みたたなかった。人手を頼まなくてはならない、とにかく土橋さんを呼んで来よう、それだけしか考えられず、玉子に合図をしておいて、人気《ひとけ》ない路地を走って行った。曲り角で、いつも茄子《なす》を売りに来る気のいい百姓のおばさんに出くわした。「どうかしたかよう、血相変えて。」そうだ！　血相変えてるんだ！　おちつこう。足はとめず、挨拶《あいさつ》のかわりにふりかえると、おばさんが籠《かご》をしょって立ちどまっていた。

砂道が毎日の照りでぽくぽくに乾いて、下駄《げた》を吸い込んだ。往還へ出ると砂利が軋《きし》んだ。もう息がはずんで駈《か》けられず、それでもできるだけの大股《おおまた》で、速度を落したくなかった。一本道をどんどん人の背を抜いて行った。浴衣《ゆかた》の裾《すそ》が重かった。片褄《かたづま》を引きあげた。商店はまだおおかた表戸を明けていず、魚屋のおかみさんだけが竹箒《たけぼうき》を持って道を塞ぐように立ちはだかって、遠くから私を見迎えていた。「こんな早く、医者かよ?」ぎょっと衝《つ》かれた。「そだろ? 自転車に載せてってやろかよ!」ああ、この勘の速さ。そうじゃないのよと云うかわりに首を掉《ふ》り、汗がめめずの這《は》うような感覚を残して鼻の頭へ流れた。京成電車の駅が見え、ごおっと電車の来る地鳴りがし、私は財布の口を明けながらあせり走った。電車は下りでなく上りだった。がっかりして、手が顫《ふる》えていた。

この土地では住んで一年余になっていても、ほとんど父の名は知られていなかった。転入手続の事務所では家族表を見て、稼《かせ》ぎ手は誰かと訊《き》き、唖然《あぜん》として、「八十のじいさんが稼いでるのかね。いったい何の商売してるのか」と云ったという。そのころ毎日新聞が父の日常を伝えた。近処の人々はそれを読んでも、私と父と新聞とを結ぶことにはぼんやりしていた。茄子のおばさんは、「お宅の旦那《だんな》はえらい先生だって云うけど本当かよ」と私に質問した。魚屋のおかみさんは当時ちぎれた鰯《いわし》でも、とろとろした烏賊《いか》でも取りあいで売れて行くなかに、盤台をのぞいて小なまいきな註文《ちゆうもん》をする私を、やみ小料理屋の姐《ねえ》さんと踏んだことから冗談を云うようになり、八十の年よりだから極《ご》くいいものをと云ったら、「当節おとっつぁんにいいもの食わせるなんてはやらないよ」とまぜっかえした。新聞の話を聞いたと云って、「ロケン先生っていうのはあんたのおとっつぁんだという話じゃないか」とわかったような、わからないようなことを云った。学士院と学習院とは彼女には同一のものであり、没落権力階級のすがたが私のしおたれたかたちの後ろにちらちらするらしくも思えた。

青物屋も鳥屋も肉屋も食品類を扱う店屋は、皆すぐ私と友達になった。彼等は彼等一流の探偵眼《たんていがん》を走らせたが私の品定めはできないで、私は黒い著物《きもの》の奥さんと呼ばれていた。それほど私はまっくろな父のおさがりを著ていた。近処隣でさえ私の鑑定には迷った挙句、足腰の起たない老人のすがれ二号、すたれ妾《めかけ》と噂《うわさ》していた。それはなんと新鮮なおもしろさだったろう。露伴を意識して以来、この当座くらい周囲への気がねなしに、のうのうとしていられたことはなく、楽しかった。終戦のどさくさで人は皆おのれにだけ忙しくしていたし、知らない土地であり世間と没交渉の小《こ》ていな生活であり、よしんばえらい先生と聞き伝えて来たにしろ、何がどうえらいんだか誰も知っちゃいなかった。ただ道を挟《はさ》んでまん前の家は市役所の課長さんであり、この一家が文学博士・学士院会員・芸術院会員・文化勲章と正しく知ってい、一見無愛想な人づきの悪い主人が、「真綿の蒲団《ふとん》を役所が扱っていますが軽いから先生にいかがかと思います」と世話をしてくれたり、とりつくろわぬ正直な奥さんが、初なりだからおみよつけにと云って、丹誠のさやまめを笊《ざる》に入れてくれたりする。

親がそうだから二人の男の子たちも、垣根《かきね》越しにかいま見た白髯のおじいさん先生を尊敬している。下の坊やは五ツだった。その春、一しょう懸命におじいちゃんの先生へ見せてあげようと思って、こわいような高い処へのぼったと云って、桜の若枝をしおって来てくれた。約四十年のむかし、父は妻を、私は母を、隅田川に花ふぶきの散る日に悲しく失って、それからの毎春は、花見手拭《てぬぐい》を領《えり》にかけた遊山《ゆさん》のむれを見過して、父子は樒《しきみ》と線香を手にして本門寺の坂をのぼった。有名なこの伽藍《がらん》は大まかに堂塔を抱いて、たたずまいよく花は点綴《てんてつ》していた。いつか不言のあいだに花は母、母はふるさと、ふるさとは桜、桜は妻とつながるものが通じていたが、古来この花の国家代表に祭りあげられた大袈裟《おおげさ》さに気がさすらしく、口に出して云えばちゃちなことになるのを、ぴたりと折りこんで父はいつも、「ああよく咲いたね」と云った。おもえばここ三年、父は臥たきりで花を見ていなかった。五ツの子の贈りものと聞いて、白い手を伸べて枝を受けた。ぎっしり咲いた若枝を眼に近づけたり放したり、ややしばらく眺《なが》め入っていた。「何かご褒美《ほうび》がやりたい」と云ったが、枕頭《ちんとう》には数冊の書物があるだけ、隣室の茶棚《ちゃだな》にも子供の喜ぶものは何一ツしまわれていない侘《わび》しさだった。どんな気で詔雄《のりお》坊やは桜の樹《き》の下に仰いで、お髯のおじいさんを慰めよう心を起したのか。五ツの幼い児に父子四十年のおもいが通じるとは誰が知ろう。これが見納めの花だった。

責任を以て年よりを世話しているものには、雨にも風にも安心が恵まれなかった。しわぶき一ツにもはっとし、肩が凝ったと云われても、もしやとうかがう。何が死の転機だかわからないのである。とても遁れられないものだからこそ死の手は恐ろしく、そんな恐ろしさだからこそ逆にあたかも待ってでもいるかのように、その跫音《あしおと》をひやひやと待つような気にもなる。それが提燈《ちょうちん》をつけて予期通りにやって来、あきらかに今来つつあると指呼できたとて、どうなると云うんだろう。遁れられないなら不意にくらがりからぬっと来たって同じことに思うが、それはいちばん不安でいやだった。それだのに年よりのからだというものは、人に気づかいをさせるようにできていると云ってよかった。健康な若ものの有《も》ち示すバランスは、せしめの利《き》いたバランスである。規格品である。曲年よりのバランスは潰《つい》えんとして危く保つバランスであり、バランスの曲芸である。曲芸は随処に危くて、いよいよ曲芸である。おびえが、いつでもいつでもついてまわって離れない生活は、ひやひやさせられるたんびに、これが騒ぎ時？　と、又それに心を悩まさせられる。

大事であっても、それが事なく納まるときには、騒ぐがものはないのである。何度も何度も騒ぎたてるものは馬鹿《ばか》である。けれども、一大事ならちょっと後れても取りかえしがつかない。二度ない別れに、真実したい対面もあり、是非にみとりたい手もある。

血縁・他人を問わず、そういうつながりは大切だった。一緒にいるものの責任とは、そんなことをも含めていた。順ならば老いたものから先、縁ならば知らせずとも来る、そうはあっさり定《き》めてかかれないのがむずかしいところだった。私は父が臥《ね》ついて以来、何度もその時をちゃんと判断して来た。こわごわと騒ぐ心を押えることに修練の覚えがあり、くそ度胸というようなものができていた。私も玉子も土橋さんも口数をきかず鎮《しず》まりかえってい、父の様子をうかがっていた。午後二時、二度目の出血があった。三人とも、たしかにこれはただごとでないと、ぶんなぐられたような感じをもった。もっとも残酷に棒を受けたのが土橋さんだった。

父は臥ていて、それからそれへと何か彼《か》かを見つけては註文を出していた。あるときは強引に、あるときは頼み、又あるときは冗談にして次から次へと文句を云っていた。そのときは歯の治療がしたいと云いだした。私は以前ある歯科医が、こういう堅牢《けんろう》な歯はかえって治療がしにくいし、こういう癇の強い患者はたとえどんな精巧な義歯を造っても、義歯に馴れるまでの口中の不快さに堪えられない、折角造った歯を、具合はよいけれど気もちが悪いからと使わない人の例はいくらもある、と云ったのを聴いていた。無情のようだが、父の歯には触らぬに越したことはないと思っていた。父もその辺を承知していて、私ではだめだと思って土橋さんに云った。面と対っては云えず壁訴訟のようにくどいてい、あまえるような心もちが蔭《かげ》で聴いていても汲《く》みとれた。師と頼む唯一《ゆいいつ》無二の老人に控え控え云われるのでは、率直な人がもろく動かされたのはあたりまえだった。歯科医が東京から迎えられた。出血が何の原因だか勿論《もちろん》私たちにわかりようはなかったが、しろうと考えには歯をいじったから歯から血が出るとおもえた。先生が楽にお食事をあがれるようにと楽しく、それよりほかは何もおもわなかった土橋さんの、今こんな結果を見ての胸中の苦悶は察せられた。父の部屋から下って来て、玄関に三人ともが突っ立ったままでいた。「奥さん、ぼく……。」きわまった心情が面に溢れていた。この大きなからだの男は、おのれを責めるに急で、爆発してしまいそうに見えた。私はゆっくり見あげていた。私なんぞはとうの昔に何度もそんなめにあって苦しく考えさせられてきた、この人はやっと今こんな目に遇《あ》っている！　私は意地の悪いような気もちになっていた。「それが機縁ならしかたがないでしょ！」むこうの眼が飛びだしたようにかっとした。私はまだじろじろ見ていた。「そうときまったわけじゃないんだし、かりにそうときまったって、あなたが代れるものじゃなし、どうしようもないことじゃありませんか。あなたは一人で力《りき》んでいるけれど、もしこれが食べもの中《あた》りでもしたんなら、私は三度三度あげるお膳で……私はおとうさんを……。」

つい平生《へいぜい》積っていたものをしゃべってしまうと、あとはとてもいつまでも長く意地悪ではいられなかった。「長い年月のうちにはきっとそばにいる誰かが、何かの機縁にへんてこなことし出かしちまうにきまってるんでしょ。あなたがその運をしょったのかもしれないけれど、しょげることないわ。私の代りかもしれないとすれば私はどうしたらいいんでしょ。」玉子は近処へ必要品を求めに、土橋さんは東京の歯科と内科の先生へ連絡に、私は留守に何が起ろうとも一人で堪えなくてはならなかった。

　皆が出て行くと、すぐ三回目の出血があった。血の臭《にお》いと、ひきつづいた緊張とで、私は気もちが悪くなって吐きたかった。それに、こう出血がとまらないようでは応急に何らかの処置をしなくてはならなかった。歯科医がほしかった。それにもまして氷がほしかった。玉子は駅の商店街まで行った筈《はず》であり、買物を考えると往復一時間より早くは帰れない計算であり、それを待ってはいられなかった。お向うの課長さんよりほかに人はなかったが、気易《きやす》く使を頼めるほど深いつきあい柄ではなかった。気後れがしながら私は声をかけ、聞くと同時に奥さんはすっと立った。「行って来ましょう。忠ちゃん忠ちゃん、ちょっと来て頂戴《ちょうだい》、あんた氷買って来てあげてね。」路地に遊んでいた長男が、うんうんとうなずいた。その辺の子供たちが一様に、「幸田さんのおじいちゃま病気なの？」とわいわい云い、皆一緒に行くつもりらしく、わらわらと走りだした。忠ちゃんだけがひきかえして来た。「おばさん何かくれない。」「？」「何か貸してくれなくっちゃ手じゃ……。」悔やしいように私のからだはくたくたしていたし、気が働かなくなっていた。

＊

十二日、午前一時出血。

十三日、午前一時出血。父は出血しても私を呼ばなかったから、僅《わず》かのけはいに気がゆるせなかった。睡《ねむ》ることが大好きな私に睡りがゆるされない状態になっていた。なんでもないとき勝手にどきどき躍りだす心臓、はっと衝撃されてどきどきする心臓、しびれてくすぐったくなる手足、そして睡眠不足。人に頼りたい、誰かにいてもらいたい、弱い気になってしまった。きょう土橋さんは自分の用事で会津へ旅に出る予定だった。行ってしまわれたくなかった。父に心の限りを尽して真実だというのなら、ほかにも人はいた。が、土橋さんほど全時間を父に捧《ささ》げて悔いず、また支障なき人は他になかった。私はゆうべも出血のあったことを云って、ならば会津行きを中止してもらいたく、頼んでみようと中山へ出かけた。

土橋さんの家は普通より床《ゆか》の高い造りだった。だから玄関のたたきにいる人に部屋から挨拶をするときには、よほど低いおじぎをしなければ客にへんな感じを起させる危険があった。背の低い人にくらべて高い人が、とかくつんと澄《すま》しているかに見られるのと同じ理由で、僅かに二三寸のことが人をなんとなく左右した。そのまた土橋さんが鴨居《かもい》に髪の毛が触る人だった。私は心急《せ》いて、とても上へあがって話しているゆとりを有たなかったし、土橋さんも旅だちを控えてせわしないのか、立ったままで私を見おろして話していた。毎夜中の出血と聞いても動じた色を見せず、「奥さん」と、話しつづける私を制した。「年よりをしょっていれば、そう一々驚いていた日には何もできやしない、とにかくぼくは出かけます。」意外さにはっとし、それからだんだんたまらなく羞《はず》かしさがからだ中へ行きわたった。あわてて門を出た。

ああ、しまった。頼むべきことにはおのずから限界があった筈だった。私はまた馬鹿をしてしまった。早く帰ろう。文子《あやこ》はしっかりしなくては。吸い寄せられるように父をおもった。家の玄関へ著《つ》くころに、やっと穏かになっていた。いつの間にか馴《な》れてずうずうしくなる心、人は自分の望む通りになると思いきって疑わない慢心、それをはじかれたときのこの気もち、一本立でいられなくなる依頼心、露伴の威力をいつの間にか心の底で人に押しつけがましくしているいやらしさ。父は人に強《し》いることが嫌《きら》いだった。そう承知していながら父の名を云って行われなかったときに感じる侮辱感・さみしさ・怒り。困りさえすれば何でもすぐ、おとうさんと云って隠れようとする。自分をいやになるもとばかり集ってできているような私だった。父が死ぬかもしれない今になってもまだこんなへまをやっている。死んだ後にこんな場合を経験したら、その慰まらなさはどんなだろう。

十五日、午前一時出血。

十六日、午前一時出血。

十七日。よくいう潮時なのか夜なかというときまって出血し、止血剤の注射、内服、すべて効を奏さなかった。いちばん止血綿の圧迫が利くと思えたが、それもぴたりとはとまらなかった。回を重ねる毎に私は血の色に畏れを深くして行った。父のからだから壊《やぶ》れ出て行く血の色に、馴れるということはないものであった。何度見てもその色はおぞましく鮮明華麗で、誇りかにあたりにひろがって見えた。色に眩《くら》まされまい、量にごまかされまい、正しく計算しなくてはと話しあいながら、私も玉子もこぼしの中味をろくろく見もせずに明けた。内端《うちわ》に見積ってごまかして置きたい私の気もちの動きを玉子は知っていて、それを庇《かば》っていたし、その口も利かないでいる庇いかたというものを、また私はちゃんと知っていた。そして二人ともが、多過ぎる見そこないも少過《すくなす》ぎる見積りも、ほんとには出ただけの血は出てしまっているのだと承知してい、はらはらした挙句に遂《つい》に腹が立っているという底ごころであった。おそらく一番明瞭《めいりょう》に血の量を知っていたのは父ではあるまいか。

夜、病室は二燭光《しょっこう》にしてあったが、出血がはじまると止血綿を正しく当てがうために明るくした。スタンドの蓋《かさ》に狭くあつめられた百燭の環《わ》のなかで、父は喘《あえ》ぎ喘ぎ顔を赤くして口中に溜《たま》る血を吐いた。血は血のりだ、唇《くちびる》や舌ではちぎれない糊《のり》が、ぐいと頬《ほお》に押しあてたこぼしの中へ電線のようにつながって、脈と一緒にふるふる顫えて光る。左上一番奥の歯には金冠がはいっていた。老衰のためか齦《はぐき》は冠からたっぷり二分ほど萎縮《いしゅく》後退し、齦と冠との間は歯の根とおもえるものが現われてい、血はそこから湧《わ》きだしていた。はじめの出血が吐血でなく喀血《かっけつ》でなく歯とたしかめた時は、まだ外側一ヶ処からだった。それが今は歯のぐるりどこからでも出るのではないかと疑われるように赤く噴きだし、顎《あご》の内側には血のりの紐《ひも》が二本三本とぶらさがって、その紐を伝って濃いものが節のようなぶつぶつをつくりつつ流れ下りる。とても私に検分などできるものではなかった。ひどいときには口からと一緒に鼻からも、がぶっと出る。鼻粘膜の血管もともなって怒張し裂けるのか、喉《のど》からまわった血が鼻孔から出て来るのか。血はじきに喉を塞《ふさ》ぐらしかった。父は呻《うめ》き、呼吸は小きざみに急《せ》いて、手が口中を搔《か》きさぐって血のかたまりをぎょろりと吐きだすと、ようやく気息《いき》が調った。

出るだけの血が出てしまうと私は早くこぼしがひっこめたかったが、いつも父はこぼしの縁《ふち》に矩《かね》にひっかけた人差指に力を入れてぐっと抵抗した。ひっぱりあうわけには行かなくても私も指から力を脱《ぬ》かなかった。「もっと明りを近く。」玉子に云いつけ、こぼしを傾けて吐いたものをじっと見た上で、ちょいと突き戻してよこすように指を放した。ちかぢかと明りは、こぼしの中だけではなく、父の顔を隈《くま》なく照している。表情のどこにも畏《おそ》れとか失望とか緩みとか、もちろん喜びとかいうものがなかった。ただ見る眼だけだった。ものを読んでいるときの眼、上瞼《うわまぶた》に張りの入っている眼が、血を見ていた。こぼしからは血の臭いがあがっていた。

永年の糖尿病が止血剤の効果を妨げていた。毎夜、血は傍若無人に暴《あ》れて、父のからだから離れ去って行き、出た血そのものも父のからだを去ると同時に、つまらなく死んで行った。いま思えば離散は壊滅のはじまる第一のきざしだった。血なまぐさいというけれど、血はたしかに臭い。いやな臭いだ。鈍重な、ずうずうしい、押し太いにおいだ。ものを統一させる、清澄《せいちょう》なにおいではない。悩乱させ騒動させる臭いだ。父の吐いているあいだ、私は夢中であり、ほっと後始末の段になると私の血はこぼしの中の臭いに誘われて、すっとからだのどこかへ固まるらしかった。手足がつめたく冷え、目まいが頭痛が嘔吐《おうと》が私を揉《も》んだ。

この土地の歯科医師は、若く安直で律儀《りちぎ》だった。父の治療をはじめて後、彼はむずかしいほかの患者をひきうけていた。結果がよくなければ彼の出身病院へ送りこんで、その大手術に立会わなくてはならない由《よし》を、かねがね云っていた。彼の云うところでは、その患者は歯科の担当すべき病人であって内科はその補助であり、父の病気は内科の担当であり歯科のうけもつのはその一部分でしかないものだという話であった。しかし重症ということと年よりということは、ときに匹敵すべきもので、医師としてはどちらにも十分の時間を用意しておきたい患者であり、専門の患者であろうとなかろうと縁につながれば、よかれと願う心は同じだから、願わくは是非に医師の必要な時間が双方一度にかちあわないようにに祈るばかりですという態度には、若さの率直があらわれていた。

いつも治療に来る夕方、その日彼は来なかった。暮れきったときに使が来て、――かねての患者が入院し、手術の時間により帰宅のできぬ場合になりそうであり、ともかくも止血剤の注射一筒は打っておいていただきたいと電話をかけてよこしましたから、しかるべく御手配願います、という口上だった。

薬はすでに武見先生から優秀なのが来てい、歯科医は、こんないい薬があってと羨《うらやま》しがりながら、指定にしたがってそれを使っていた。させと云ったって薬があったって、さす人がいなかった。私にはその経験はなし、そういう私に鍼《はり》をささせるほど父は無用心でない性格だったし、また事態がいま大出血がやまぬという羽目に逼《せま》っているわけでもなかった。こんな時間になって馴染《なじみ》の薄い土地で、どこの医師に頼んだらよかろう。このあたりには医師の手は足りず、受付にはいつも人が並んでいる盛況だった。昼間でも少し遠い往診は不得要領に婉曲《えんきょく》に拒絶された。まして注射一本のために物騒な夜の往診など、おいそれと出向いてくれそうにもない。武見先生一本槍《やり》に頼ることの地理的な無理がひしと応《こた》え、自分の怠慢のように私は責められた。医師は一人で沢山だ、大勢に診察してもらうことも疲れの一ッだ、死ぬときは何人いたって死ぬと云って、からだをいじられるのを父はいやがった。それも無理のない云い分だったが、こんな時にははたと困った。

声をひそめて相談した。私の心に父の名を唱《うた》いたさが走った。土橋さんもそうらしかった。省線で一丁場遠い中山は土橋さんの十年住み馴れている処《ところ》だった。十年の間柄《あいだがら》の先生に、露伴の名を通し特に乞《こ》うことは、そんなにむずかしいことではなく思われた。が、さてそうきめると何かすかっとしていない気もちだった。名を振りまわして人に強いるようなことを又あえてするんだろうか、今の場合はする方がいいだろうか、おとうさんはそれで喜ぶだろうか。注射一本のためにこのまっくらな夜道に土橋さんを走らせるさえあるに、そのうえ露伴だからと云わせ、医師を已《や》むなきに立ち到《いた》らせることは父の好むところだろうか。土橋さんは父に奉仕することなら夜道の一丁場や二丁場なんの苦にする人でない、喜んで歩いてくれる。それに若い。医者は商売であるかぎり、遠いからいやだでは押し通せぬ筈であるが、しかし人に労を課し義理で絡《から》めるようなまねが、しんじつ今この場合最上なやりかただろうか。父はそれでいいと云って頷《うなず》くだろうか。もっとすらりとしたやりかたがしたかった。こんなこともあった。震災のとき、私たち親子は千葉県四ツ街道へ避難しようとし、押しあいへしあいの汽車を待っていた。肥満した父はとても敏捷《びんしょう》にはできず、また父の胸中からすれば子供のうち弟のほうは男だからいいとしても、娘の私を混雑から救う気だったらしい。名刺を出して駅長に話をし、駅長は丁寧であったが群衆を恐れている様子があらわだった。折から驟雨《しゅうう》がざっとおろして来て、父はずぶ濡《ぬ》れのまま駅長と話しながら、私のほうを気づかわしげに見ていた。話は柔かに拒絶され、父はてれ臭げであった。そんなときの想《おも》いもよみがえって、私は憚《はばか》り多くなっていた。父自身にもこの想いがなくはないだろう。

　これはあるいは癒《なお》らない病気、今生《こんじょう》の別れになる病気かもしれないのであった。齢《とし》でもあった。とすれば、一大事のみとりになるものだった。身を尽し手を尽し、あらんかぎりを尽しという、あのあらんかぎりとはどういうことなのか。借金してもの金力を尽し、人を煩わしてもの権力を尽し、事も無げに労力をふんだんにし、智慧《ちえ》のあらんほど、はかりごとの有らんほど、名湯奇薬を揃《そろ》え珍味を献じ、衾《ふすま》を厚くし形を整える、まことに思うがままのきびきびしたみとりであり、そのみとられかたを満足して受けて死んで行く人もあろう。たしかに立派な別れとおもわれる。名残なき別れではある。そういうこともすればできると、私はうぬぼれていた。つかえば役に立つかもしれない肩書も父にあった。訴えれば益の生じるかもしれない筋あいもあった。金も借りられよう、伝手《つて》も拡《ひろ》げられよう、住いさえも人を感動させれば、ましな処へ移られるかもしれない。父はされるままに黙って臥《ね》ているだろう。おそらく楽しまないだろう。私もいやだ。作意を以《もっ》て調えたことが行きとどいたとはいうなら、生命なんぞどうにでもできるところまで行かなければ、至極に行きとどいたとは澄《すま》していられない気がする。すなおなもの、それが望ましかった。子だから孫だから父に祖父に心身を尽す、それは自然だ。縁のある人は来るだろう、愛《かな》しいとおもう人は労苦を厭《いと》わないかもしれない。すべて自《おのずか》らなるものに従おう。おのずから生ずること必ずしもいいことばかりではあるまいが、それもしかたがない。死そのものがもうすでに自然なのではないか。何もかも順応して敢《あえ》てせぬことが、父にとって安らかではあるまいか。医師すら強いて求めようとは云うまいとおもえる。いつか父は云ったことがある。「花がしぼむのも鳥が落ちるのも、ひっそりしたもんなんだよ。きっと象のようなものだってそうだろうよ。」余計なさかしらだてはいやだろう。私だって、私だって、どうかして一度は、今度は気に入られる仕えかたがしたかった。私はかつて父に気に入られたこと、また満足されたことがなかった。

云うまでもなく父に風邪ひきのような小さな病気は何度もあった。冬中を臥て暮したこともあった。いまは空襲からの三年を臥とおしている。看病には馴れていたが、私の看病は熟練はしても上達はしなかった。看病は実に父とのいさかいだった。父は私の看護を事毎《ことごと》に託《かこ》ってばかりいた。病人に対する心もちの粗雑さ、操作の不手際《ふてぎわ》、何もかも気に入らないことだらけらしかった。不満足が皮肉になって飛んで来た、不平が慨歎《がいたん》調で投げられた、じれったさが意地悪になって破裂した。早くよくなってもらいたさでいながら、目の前に浴《あび》せられる不愉快なことば、仏頂面《ぶっちょうづら》は反抗心を唆《そそ》った。随分口がきつい人と百も承知でいるくせに、辛辣《しんらつ》な云い草で斬《き》りつけられるとたまらなかった。そのことば、その調子を一緒に聞いても他人は刺戟《しげき》されないのに、私はざっくり割りつけられたような痛みをうけとった。そういうことが血がつながっているということだと思っていたし、そういう悲しい宿命に堪えなくてはならない親子であった。父の方だって私の感じるものを、びんと刺さる矢として受けとっていたのだろうとおもえる。

父も子も老いてますます頑《かたく》なで依怙地《いこじ》だった。薑桂《きょうけい》の性老いていよいよ辣《らつ》なりと聞かされていたが、親子ともそれである。私はいつの看病のときにだって、ちゃんと文子を主張し通してやってきた。医師の言を守って、やたらとは父のことばに従おうとはしなかった。薬がいやだと云えば睨《にら》みっこで嚥《の》ませた、食事がまずいと云えば喧嘩《けんか》腰《ごし》のかたちで、苦心してたべさせてしまった。手当の処置、たとえば湿布や吸入だとかを父は極端に嫌った。それは感覚的ないやがりかただったが、きまって自己流の医学的な云い分を理づめに押して、私を拒絶しようとかかった。そんなときはむちゃくちゃな勢いで押しかえし、どうせ論じゃ負けるにきまっているから実際でのしかかって行った。「病気や看病の議論はお医者になさい、おとうさんは病人だから黙っていらっしゃい。」「看病人のくせにおまえは黙っていろ。お経に慳貪邪見《けんどんじゃけん》という詞《ことば》がある、おまえはわたしに逆らったことを悲しむときが来るだろう。かわいそうなやつだ。」そう云った。けれども忌々《いまいま》しそうだった。心に食いこむようなそれらのことばであったが、私はひるまない。若い人たちなら今嗤《わら》うだろうが、これで勘当するならしてごらんなさい、そんなに気に入らなければ逐《お》ん出してごらんなさい、深くそう思っていた。事毎に父と父の病気に突っぱってやって来、病気はいつも恢復《かいふく》して、今日これまで父はとにもかくにも生きていた。看病の最上は和気を以て厳正になされることである。だから私の看病は、だんだん熟練はしても上達がなかったと云うのである。父から云わせれば悪達者である。

一度家人が世話になったことのある外科医が、二丁ほどの近処にいた。外科でもいいからその先生に頼もうという案が出た。よくよく呑《の》みこんでもらい、それでいけなければやめようということにきめた。医師は遅く来ると云った。父はおそらく峻拒《しゅんきょ》すると思われた。非常にからだを大切にする人だったし、学術技倆《ぎりょう》は厳格に秤《はかり》にかける人だった。薬品の適否善悪については、医者の云うことすら納得するまではなかなかじっくり考えている人なのだ。医療法が進歩し新薬ができても、頭からは信用しない。吸収しようとし、話を聴き物を読んで調べる。その効を認めたときには、喜びを以て私たちに話してくれる。いま結核や癌《がん》の薬が新しく報じられている。どんなにそれを知ろうとし、かつ嬉《うれ》しがるだろうと思えば、ああ死んでしまったなあと感慨を催す。

わさわさとおちつかず、夜は深《ふ》けて行った。蚊やりが足りないのに気がついたのは、近処の寝しずまったあとだった。この辺は田圃《たんぼ》やどぶが近く、蚊は猛烈だった。青葉をいぶす手もあったが、父の部屋まで煙かろうと遠慮した。長く住んだ向嶋蝸牛庵のあたりも、ひどい藪蚊《やぶか》だった。私は藪蚊のなかで育って、松葉いぶしはなつかしい。それは私の役だった。古い土火鉢《ひばち》へしっかりした燃え木を組んで置く。火が燃えあがる。刈っておいた青草をもっさりと載せる。もくもくと白い煙があがる。風が送る。部屋中の蚊は一遍にいなくなる。草が乾いて小さい焔《ほのお》があがる。今度は加減して草を片寄せて載せる。細い白い煙がいつまでも続いてあがる。その縁さきで父は湯あがりの晩酌《ばんしゃく》をした。灰がたっちゃいけない、煙が消えちゃいけない、ああじゃいけない、こうじゃいけない。酒の肴《さかな》のように文句を云ったが、私はなかなかうまかった。それも昔のことだった。近来蚊帳《かや》が嫌いになって、真夏でもまだ日のある夕がたから、蚊の逃げ出る二三寸の隙《すき》を残してぴたりと締めきり、蚊やり香一本だった。風も嫌いになっていた。涼しいより、ぞわぞわするのがいやだと云う。渦巻香《うずまきこう》は夜なかに一度新しくしなくてはもたなかった。私たちの方はなんとか我慢するとして、その夜なかの一ト巻が足りなくては困った。道は暗く遠く物騒で、玉子を使には出せなかった。土橋さんは父へつききりでいる。父に拒絶されそうなその医者が、今来るか今来るかのもしやにひかされて、私も出渋った。時間が後れれば薬屋を起すのも骨が折れるわけだった。私はじれて、なんというあてなしに路地を出たりはいったりした。

まっくらな闇《やみ》の地上五六尺という処を、一点の赤いものがふうっと息づくと見て、すっと弧を描いて下に落ちた。煙草《たばこ》の火とわかるまでの数秒をどきどきし、すぐ足音を聴いた。「こんなに遅く何してらっしゃるんですか。」顔の見えないさきに、艶《つや》のある声でその人がわかった。一丁ばかり奥に住んでいる若い寡婦《かふ》で、物事を怖《お》じないでして行く勇気のあるゆえに噂《うわさ》の種を蒔《ま》いている人だった。浅黒い道具立の大きな容貌《ようぼう》は、見ようによっては美しかった。生活のために泥《どろ》んこになって野菜の担《かつ》ぎも平気でやれば、急におしろいを塗ってその辺の飲ませるうちの女中さんにもなるといった才覚のしかた、勿《もち》論《ろん》そういう型を好む男たちは喫られるらしかった。若いからだ一ツを十分なもとでにして、案外屈託なく暮している。人は表面なんとないことばを交しながら内心はあきらかに、石にて打たれるものよと頷きあい、段を落した扱いをしていた。おふぢさんはそれをちゃんと計算に入れたうえで、さりげなく対等な口を利《き》いていた。おまえさんとあたしとどこが違うと云うんだ、亭主運だけのことじゃないか、人間一生運の下敷で負けて暮しちゃおもしろくない、そんなふてぶてしさが時に容易ならざる根性ともこわがられ、高慢ともそしられているうち、窮迫は逼《せま》る。この頃は見て来たような話も伝えられ、たしかに石にて打たれるものだと評判はきめられていた。そっちがそうなら、かえってこっちでも近処は見限ったと、しゃあしゃあとすわり込んだ様子だった。よく似た風景のなかを何年か前、私が通っていた。

世のなかのめぐりあわせというものは、善悪ともに大事にしなくてはならないものだとも気づかないほどいい気なくせに、自分じゃ結構敗《ま》け軍《いくさ》のなかで踏みとまったような勇しいつもりでい、実は一ト足ごとに追いまくられていた私の嘗《かつ》ての追憶が、おふぢさんの噂を聞くたびによみがえった。とは云え十年が過ぎている。なまじな同情をすぐことばに出して云えないほどの老いが、私を掩《おお》っていた。私がただ黙って見ているとも知らず、おふぢさんの方は何も感じないで、張りのある声をあげてぺらぺらと、辻褄《つじつま》の合いすぎた話を臆面《おくめん》もなく聞かせていた。そんなとき私は限りなくあわれにも思い、ああいやだなあとも思った。そのおふぢさんだった。どっと押しだすようになつかしかった。近親感・信頼感があふれて行った。助かった、とおもった。それだのに頭のなかでは、今時分こんなまっくらな道をこの人が、煙草を飲みながらゆっくり歩いている理由を、ちらと忖度《そんたく》し、一方ではなにかせかせかせかするまでに百年の友を感じていた。「うち今お医者が来るのを待ってんだけど困ってたの。助かったわ、あなたに会って。お宅にあれあるでしょ。」「え？　なあに？　何のこと？」渦巻の形や除虫菊の商標をはっきり浮べていながら、そんなつまらないことばを度忘れするほど、なんだか気もちが闇のなかで溢《あふ》れかえっていた。空は薄曇りがして星は輝かず、遠くに鉄塔の飛行標識燈だけが赤く点滅していた。おふぢさんの家と反対の方から、懐中電燈の明りが揺れて来、待っていた医師が小さい鞄《かばん》をさげていた。けはいで玄関へ玉子と土橋さんが飛びだして来た。ほっとした色が二人にも見えた。おふぢさんの持って来てくれたのは、二ヶまきの新しいのと点《とも》しかけのかけらを五ツ六ツ。「あたしみたよなもののお線香が役に立つときもあるんだから、へんにがっかりしたような気がしてねえ」と云った。すなおな感懐がうらさみしく胸に浸《し》みた。

医師は父へ要領のいい挨拶《あいさつ》をしていた。自分は外科医だと身分を名のり、歯科から頼まれたと、実はじかに私に頼まれたのをつくろい、「お気が向けば皮下注射一本、お睡《ねむ》かったらやめましょう。」父は少し熱気のあるような赤い顔をしていた。一言も出《い》ださず、まじまじと見あげ見おろして検査している。どっちが医者だかわからない。気づまりな沈黙。どんなにはらはらしたとて、音《ね》も立てられないような威力をひそめている沈黙を、父はそこへぶちまけて臥ていた。平生から新しい人は、一度はこうして無遠慮に見まわされてからでなくてはゆるされなかった。それから、はじめてそれぞれに向く応対がされるもののようであった。病んで臥ている身で、いつもの通りにそれをやっている。病人だから、医者だから、なおさらきつくそうするところを見て私は、ああ衰えてはいないなと頼もしく、すこしは驚いていた。

「夜中どうも恐縮でしたな。」やわらかく云った。「文子何時だ。」私はまごまごした。医者がすぐ腕時計を見た。「十二時をまわりましたが夏は楽です。それに近頃はどこも明るくなりましたので。」話を土橋さんに向けた。明るいどころか、まっくらだった。戦いは終って二年もたっていたが人気は悪く、郊外は強盗の話ばかりである。折角の思いやりも土橋さんは、はあとあっさり云ったきりで立消えにさせた。およそ不器用なうけ答えしかできない人だったし、それが身上《しんしょう》だった。無理もない、私だって毎晩出血する一時前後の、それに近い時間だと聞かされては、舌が伸びない筈《はず》だった。「じゃあ一ツお願いしましょう」とは云っても父は腕を出したがらず、眼は医師の注射器を取りだす手もとを離れなかった。私は武見先生からの薬をさしだしつつ、なかば父にそれを云って聞かせ、父はにやりとした。「おまえ、こっちの先生もそれでいいとおっしゃるのかい。」「ええ御承知なんです。」

「今夜は図らずも高名な先生のお脈を取って生涯《しょうがい》の記念になります。」光のとどかない玄関へスタンドをひっぱって、片手をついて私は送りだした。このいなかだのに、この夜中だのに、沓下《くつした》は新しく靴《くつ》は磨《みが》いてあった。おふぢさんの線香が病室に薫《た》きつがれた。みんながおなかが空いたと云いだし、夕食の残りの粉ふきじゃが薯《いも》でお茶を飲んだ。この日の出血は一時を過ぎて、明けの三時であった。

＊

十九日、ほとんど食慾がなくなった。たべさせられるからたべるけれど、ほんとはたべたくないという様子が見えていて、もういいと云われると薦める勇気はもてなかった。もとのばあやが手伝いに来てくれて、看病と家事雑用と両方をしあぐねていたところだったので、雑用の部だけ私の肩が軽くなった。

二十日。いつしなくなったとも気づかず、父は朝の手水《ちょうず》を起きなくなっていた。それに歯ブラシを使うことがなんだかあぶないように思われ、嗽《うが》いだけになって、口のなかが気もち悪いらしく、ぶっかき氷をほしがりはじめた。これは今までにないことだった。氷をそのまま齧《かじ》るなどは父の軽蔑《けいべつ》するところだった。「それほど冷たいものがたべたいのなら、氷の如《ごと》く冷やしたものをたべるがいい。じかに氷を使ってする方がよりよい風味になるものは特殊な少数しかない」と云って、こちらは若盛りの冷たいもののうまい最中でも、ひょいと見つかろうものなら、味に鈍感なやつと云って罵《ののし》られた。まして自分は、あらいの皿についている氷さえ、目の前で角の丸くなって行くのを見ながら食うのなどは、暑苦しいことこの上もない話だといやがった。「氷を使うんなら切っ立ったような意気を見せてやってくれ。極上の味が出せる自信がないのなら、氷なんか寧《むし》ろない方がましだ」と云う人である。それを今、ぶっかきがたべたいと云う、氷枕《こおりまくら》がしたいと云う。

しみじみこの満二年の歳月をおもう。去年私は冷蔵庫用の氷を楽に買った。今年は配達つきで競って来た。父の死んだ夏、町に氷店は繁昌していたが、病人用の氷は貴重品であった。発病の日はまだ子供の使でも病人用といえば買えた。それがお盆が来ると、とたんに水品より貴重なものになっていた。争奪戦が行われ、医師の証明書とそれ以上に氷屋の親爺《おやじ》の認定が必要だった。朝六時というに、もう遠い道を駈《か》けつけて行列に並ばなくてはならなかった。九時に著《つ》くトラックを待つ。待ってもその日の入荷量が少ければ規定の人全部が貰《もら》うわけには行かず、重病人といえどもおかしなことには氷屋の診断が通ったものだけにしか渡らなかった。それがたった一貫目の氷を入手するにいる労役だった。食慾のない病人のたった一ツ残った食慾の満たしたさで、うち中を挙げて氷に奔走した。土橋さんが掛合に行き、文化勲章の講釈をさせられたと苦笑していた。玉子が遠くまで行って懇願した。「おかみさんと話してるうち、これが大人の云う悲しいっていう気もちなんだなってわかって来たの。こんなにしなくてはおじいちゃま氷一トかけら自由じゃないんですものね。」年老いたばあやが蝙蝠傘《こうもりがさ》もなく、日盛り道をぽつぽつ歩いて、また別な氷屋へ行った。おそらく人情を尽した江戸前の弁舌を揮《ふる》ったのだとおもう。

こうして三貫目の氷が約束されていたが、約束はとかく外されがちで保証の限りではなかった。それに天が味方しなかった、人が味方しなかった。なまじい降ろうとして降れないで晴れる空だけに、燃えあがるような暑さ、ぎらぎらする旱《ひで》りつづきだった。誰も彼も喘《あえ》いだ。犬ももの憂《う》く、鳥も産まず、井も涸《か》れた。氷の闇値は奔騰《ほんとう》していた。氷屋の方は病人々々と騒いで眼の色変えてる相手に、法外な無茶は切りだせない弱い憚《はばか》り心があるらしく、買い手のこちらはしち堅くありがとうございます一点張りで、間拍子《まびょうし》も場合も考えずやたらに札《さつ》を押しつけている。これでは取る方も取るにも取られまい。どっちも無理のないぶまな形だったのだと思う。年の行かない玉子や世馴《よな》れない人に、そういう金はどういう具合にして渡すものか、冗談の一ツも云って笑わせながらなどと智慧《ちえ》をつけてみたとて、その人《にん》でなければできないのがあたりまえだった。土地の人が気の毒がって自転車であちこち説いてくれたが、円滑というわけには行かなかった。きょうの間に合わなかった。

家に不安を残して私はまっ昼間のなかへ出て行った。松並木の街道に影はなく人一人通っていない。頭《つむり》が一ト足毎に締められるように痛みだした。もし買えたとき持つ役にと土橋さんがついて来ている。私は顔中の血管が破裂しそうにほてって、さぞ赤い顔だろうと自分にさえわかるほどのものを、この人は気味悪くまっ青な額に驚くばかりの汗を流れるままに任せている。「土橋さん、心臓病したことあるの？」「いいえ。なぜです。」「あんまり青いから気もちがよくないのじゃないかと思って。」「気もち悪くないです、青い顔でもからだ中非常に熱いから大丈夫です。」そういうぶっきらぼうな返辞をする人だった。そのうえ話していたくないくらい私は頭が痛かった。浴衣《ゆかた》はやつれていた。何度も仕立て直して遂《つい》に衽《おくみ》なしの筒袖《つつそで》ついったけの怪しげなものになっていたし、男帯を締めていた。土橋さんはちゃんとした白絣《しろがすり》を著《き》ていたが、行くほどもなく汗で絡《から》まって歩けないので、端折《はしよ》りあげ毛臑《けずね》をにゅっと出し、袖は肩へたくし上げた。いやな風体《ふうてい》の連れだち同士だった。

氷はどこにもなかった。てんから店が締っているのだ。途中に交番があって、若い子供のような巡査が立番をしていた。「そうなんですよ。氷がなくってね、きのうはおばあさんが来たし、けさは女の子がそう云って来たんで、かわいそうだと思ってもどうしようもなく返しました。この奥に幸田さんて文化功労勲章を持ってる年よりがやっぱり重態で、氷々って云ってさがしてる話聞くんでね、ぼくらもなんとかならないかと心配して、魚屋のおっちゃんちの冷蔵庫を明けて見たけど、魚も氷もなんにもなかった。」きのうのおばあさんとはうちのばあやらしく、けさの女の子とは玉子である。胸がつまって聴いているのに骨が折れ、行きかけると、「それでもひょっとすると魚屋にあるかもしれないから、行って見るなら」と、わざわざ送って出て来る親切さ、じりりと午後の陽《ひ》はきつく、なかなかにつきあいかねる辛《つら》さだった。魚屋は休みなのかまな板もたたきも乾いて、大人はいず子供が遊んでいた。

うねうねした道を盲《めくら》めっぽう歩いた末、二貫目の塊が土橋さんの買物籠《かご》に入った。ぽたぽたと溶けている。一刻も気が急《せ》いた。京成電車に沿った道は線路より低く、レールの反射が鍼《はり》になったり棒になったり光って、寝不足の眼を刺す。うしろから電車の音がする。ふりむくとかなり傾斜して走って来、すぐそこをぐゎあっと吹きつけた。おもわずうつむく眼のさきにレールと枕木が、前車輪と後車輪のごく僅《わず》かな合間を喘ぎ息づき、膨れあがったり凹《へこ》んだりした。おとうさんの肋骨《ろっこつ》！　五六十歩後れていたのを、土橋さんに追いつこうと駈けだすと、古びきった浴衣の裾《すそ》が汗でぺっと裂け、足の間が涼しくなった。こんな労働は人にさせるべきでないと、はっきり思った。つい二週間ほど前から雇い入れた下女が、近処中に愚痴をこぼして歩いているのを、こちらも腹をたてながらなだめすかして留めていた愚かさが考えられた。ばあやのような世馴れた人ならいい、理解も愛もない急ごしらえの雇い人に、氷さがしは無情な酷使といわれるに十分であった。そういう労働はおとうさんのお為にならない。ことに今の場合人の恨みを遺すような奉仕であってはいけない。見す見す困ることを知りつつ、その日のうちに女中を、好むところに任せた。

果汁・葡萄糖《ぶどうとう》・牛乳、みな氷で冷やして飲んだが、間に合わないときは果汁の吸い飲みのなかへぶっかきを入れて持って行った。そのときもそうだった。氷は薄いガラスの容器に当って、からからと音を立てた。「ああ涼しい音だ。」その顔、まるでただもう子供の顔だった。ちいさい時はきっとこんな顔していたんだ、そうわかる顔だった。眼を放さず枕もとをまわると、父も上眼づかいに私がそこへすわるまで、吸い飲みの手もとを見ていた。「風鈴みたよね、おとうさん。」「うん、そうかと思った。」もういけない！なんだか知らないけど、もういけないと思った。目の前に吸い飲みを振り振り、それを見つめて私はうわうわとしゃべった。「風鈴は、だけど外へ外へと一しょう懸命に早く拡《ひろ》がって散っちまおうとする音じゃないかしら。これは林檎《りんご》のジュイスがはいっているから、あんなには響かない音だわね、やわらかいいい音ね。」見ると、早く飲みたいのか子供の顔のまんま天井を向いて、ぽかんと口を明けていた。ああもうだめだ、どうしてもだめだ！　からだ中ががたがた顫《ふる》えて来、手首がおかしいほどぶるぶるしている。吸い口を含んだ父の唇《くちびる》へその顫えが伝わって、父はガラス管の尖《さき》をぎゅっと嚙《か》んだ。いやな触感。左手に代えた。これは静かで、ああよかったと思う間に、右よりもっとひどく顫えだした。が、少しばかりの果汁はもう終っていた。振りまわしたために余計できたこまかい泡《あわ》が、いっぱい細い飲み口の管を塞《ふさ》いでいた。「おまえ大層手が顫えるじゃないか。」やわらかく、斬《き》るとも見せず真向《まつこう》につけられた白刃《しらは》である。来たっと感じた。刃《は》を合せるものが私から、おびえて逃げて行った。だめだなんて思ったことを、悟られてはこわかった。

その後幾たびもこのことを思いだす。残念だ、腑甲斐《ふがい》ない、たしかに私はあのとき逃げだした。一遍しかない機会だったのに。「いま重いもの持ったから。」うそである。うそも早速には、身に近い真実に筋をひいたうそしか吐《つ》けないものだ。「そんなに重いものを、何を持ったんだね。」「こ、お、り。」冷蔵庫から出して少し欠いたばかりである。氷屋から運んで来たのは土橋さんなのである。「氷？　いったい何貫目の氷だね。」「二貫目。」もはやぺしゃぺしゃだった。これはほんとなのである。氷は二貫目切りだ。「ふむ。」ふっと語気が変って、「ま、おまえもうこれからはからだを大事にすることを考えるんだな。」何かが流れだしてどんどんからになって行くような気もちだった。樽《たる》の底が抜けたようにおもった。父がどんな顔をしていたか知らない。私は見ることができなかったから。これが私が父にしゃべくった千万のうその最後のものになった。

二十一日。ビールが飲みたいと云う。武見先生に訊《き》いてみましょうと云えば、「あの人はものわかりがいいから、いいって云うにきまってるよ」と云う。座が明るく浮いた。

「おじいちゃまビール飲むの？」「うむ、いいだろう。」「いいわ。」「持って来い。」「今すぐに？」「うむ。」「先生、この辺はいなかでしようがありませんから、これから東京へ行って取ってまいります。」土橋さんは嬉《うれ》しそうに、もう追ったて尻《じり》になっていた。「生《なま》か？」「は？」「生かい？」私がひきとった。「おとうさん、生はちょっとむずかしいかもしれない。壜詰《びんづめ》だけだと思うんだけど。」「そんならおまえ何も河向うまで騒ぐことたあない。どこだっておんなじだろ。」「それが先生、配給ということになっておりますので、東京の方がいろいろ勝手がよろしゅうございます。」「あれ？　まだ配給やってるのかい。おれは配給が大嫌《だいきら》いだと云うのに、好きだねみんなは！　配給が。」「だからおじいちゃま、配給じゃないのを玉子が取って来ましょう。」「利口そうなことを云うけどおまえ知ってんのかい。」「ええ知ってるわ、風月堂へ行くわよ。」「ふうん智慧を出したね。」

父は納得したが、私は心もとなかった。ともかく武見先生に云うべきだった。土橋さんはそこから、玉子と連絡を取りつつ別途心当りへさがしに行くという。眼を縛っておいても耳を塞いでおいても、酒の好きな人は自然と酒の流れている処《ところ》を嗅《か》ぎあてて行ってしまうものだが、土橋さんも、もちろん玉子も酒飲みじゃない、足もとに流れていたって自分から気のつく酒の勘などありはしない。「なんでも筋があるんだからね、太い筋へ太い筋へと辿《たど》って行くのよ。大川へ突き抜ければ一杯や二杯は黙っていても汲《く》めるものなのよ。」はいはいとうわの空のように返辞をして、二人とも大股《おおまた》に出て行った。

焼け払った都大路に小手をかざし、酒やいずこビールやいずこと、あくせく走りまわった末が手に入らなかったら二人ともどうするだろう。帰るにも帰れないせつなさだろう。母親の案じ過ぎから私はそわそわしていた。案じることもなく、二人ともが意気壮《さか》んに汗みずくで帰って来た。

起きることは許されていなかったから、ビールは吸い飲みで口へ運ばれ、口切一杯を父はあけたという。土橋さんの笑い声の方が酔ったように楽しげに聞えていた。しばらくして行って見ると、父は赤い頰《ほお》をしていた。「あらおとうさんお酔いになったの、あれんぼっちで。」「そりゃ酔うさ、わたしゃ弱ってるんだからね。」「いかがでしたか、おいしゅござんしたか。」「おいしいもへったくれもあるもんか。吸い飲みで飲むビールなんかくそ面白くもない、まるで牛の小便みたよにとろとろと出て来やがらぁ。あんなもの何がうまいもんか、馬鹿にしている。それで酔ったなんざおかしな話さ。」大ぶ機嫌《きげん》がいい。字に書けばただ悪たい口だが、東京人特有の逆を覘《ねら》って云うユーモラスな調子の蔭《かげ》に複雑な、一ト口で云いあらわせない感情が見えていた。

＊

二十二日。風鈴の日以来、私はなんだか違った人になっていた。いつの間にか以前の私よりもずっといい人に、つくりかえられてしまった気もちがした。たしかに人への怒りが少くなってい、また美への感動が深くなったようだった。おや、いつもならこうはしない筈だ、ああするにきまっている。とすればいつもは何ということをしていたんだろう、そして今はまた、なんと優しいやりかたをしているんだろう。そんなふうに気がついた。人へ怒り多くあったなごりが二重写しのように、今していることの裏側にぼんやり見えていた。人の顔にしてもどの顔も、まあこんなに綺麗《きれい》だったのかと、しげしげ見とれていたく、犬猫の立ち居のすがた、トマト・胡瓜《きゆうり》の色、そんな始終眼にしているものに今さらあやうく涙さえ催すように撃たれた。何でもが綺麗におもえ、何でもが美しく見え、そこいら中の物みんな一ッ一ッに惚《ほ》れたようにぼうっとひきつけられ、何彼に身が入らなかった。どうしてこんなにおこることが少くなって善い人になってしまったんだか、おかしいなと自分でも気がついたとき、玉子もばあやもやはりそう気がついていた。「かあさま疲れているんじゃない？」と心配し、「奥さま、どうなさったんです。この二三日あなたちっと変ですよ、気ぬけみたいなことばかりおっしゃる。いつも並にはきはきしてくださいましよ。」ばあやは頼りながる。たしかに力の筋が切れでもしたように実行力は衰え、判断力が減ってしまっていたが、ひとが案じているほど私にはそれが苦にならなかった。私なんぞのたかは知れている、なまじいのしっかり面《づら》で切盛りするより、人にも事にも物にもうちまかせて置いた方が、よりよい受けわたしをして行く、そう思えた。

その一方、足もとから崩されるような焦燥にさいなまれた。医薬は手落ちないか、看護も食事も寝巻も蒲団《ふとん》も尽しているだろうか。もし一大事ならばそのときの外側への準備はいいだろうか。金は、人手は、米は、茶はどうだろう。おもえば医薬を除いて以外、何一ツこれで十分というものがなかった。責められた。安らかでなかった。四五年まえに一度、医師は親類へそれとなく知らせる必要があると云ったことがあった。そのとき私は準備というほどのものではなくとも、いささか死の行事——つまり重態・臨終から葬式終了までの——への支度があった。経済的低能と云われていた父だが、決して乱暴ではなかった。当時普通一般の葬式費用に相当する額が、死に金として用意してあって、それは私だけに示されていた。医師、看護の手配、叔父叔母血縁の訣別《けつべつ》、通知の範囲、葬式次第、人の配置、雑物資の配り、細かくは、人の出入りにあの隅《すみ》へ仮の手洗をつけて、ここへ庇《ひさし》をかければ急ごしらえの竈《かまど》二ツが置ける、皿小鉢《こばち》はこう調えて、著るもののあれこれ、泊ってくださる人に蒲団はこれだけあって、寒夜のみとりや通夜《つや》なら使うつもりの丹前も五枚六枚、——と云ったたって露伴家は富裕でない、肩あて・裏打・七とこ継《はぎ》ではあったが、きちんと洗って張って仕付糸がかかっている。そのための乾物や缶詰が新陳代謝しつついつも苦心保存され、電気のコード、スタンド、白紙・白布・墨塗盆、こまこましたものがいつか押入の隅を占めていた。どうせ乏しい葬式でも、なんとか浄《きよ》げにとりつくろって送りたい。ああしてこうしての心積りも、金のかわりに智慧をはたらかせ、不備を埋めるに心づかいを以《もっ》てしなければならないのは知れきっていたから、したがって神経は隅々までぴんと張りつめてい、待つというのもおかしなことばだが、私としては顫えながら精いっぱいに突っぱるつもりだった。なんと囚《とら》われた、尋常な調えかたをおもっていたことか。私も若かった。若さのはかなさが剝《む》きだしになっている構えかただった。

実に幸いに戦争が私の愚かな貯蓄を一切焼き払ってくれ、永年思っていた葬送の幻影は全部さっぱりと消えてしまった。と云うものの、あんまりさっぱりし過ぎている今の場合、私に悔いは遺《のこ》らないか。自分のことにして考えると、いても立ってもいられなくあわてた。が、病んでる当人の父は一体どうなんだ。父にして見れば、無理な小細工や応急処置など苦笑にしか値すまい。燃えたった焚火《たきび》へ濡《ぬ》れ筵《むしろ》をかぶせるように、焰《ほのお》は鎮《しず》まってしかも火は消えない。呆《ほう》けた時間と騒ぐ時間とまじりあって、人の力に頼りたかった。こういう私の低徊《ていかい》が玉子とばあやに伝染し、何を相談しても踏んぎりがつかなかった。そのうち土橋さんもはきはきしなくなった。

朝早く神田の岩波書店へ出かけた。小林さんは日・月と二日連絡なく、黙っていてもきょう頃は来る筈《はず》の人だったが私は待ちきれず、父の様子を見に来てもらいたく呼びに行ったのである。お医者さまだってガラス製の人間を見るようなわけに行くものではあるまい、まして素人《しろうと》の、しかもよその人を呼んで来て病人の様子を見てもらうなどは妙な話だったが、小林さんは永年父の病気のときの顔を一番数多く見て来た人だった。かりそめの風邪などでも病んでいると聞けば見舞に来ずにはいられない。気むずかしいと云われる父の病むとき人は大抵遠慮してしまうのに、小林さんは日頃より繁《しげ》く来て、「いかがです？」と、からだ中の音を殺すようにして枕もとへすわった。案じわずらい、ひとごとでなくおもう心情が、はた眼にもよくあらわれていた。ことに小林さんを通じて武見先生に見ていただくようになってからは、余計に病気といえば必ずなにか相談に乗ってもらうようになり、父もそれを気易《きやす》くおもっていた。私のする看護を小林さんが不満足不安だから来て見るというわけでもなく、また私が父の病気を怠慢で人に押しつけておくというわけでもなく、病気を中にはさんで、それぞれの案じかたが対坐しているというかたちだった。

はじめて岩波書店員としてうちへ見えたとき父は六十歳、随分もう角《かど》が取れて優しくなってい、特有の牽引力《けんいんりよく》があったし、小林さんはたしか二十二か三か、若い旺盛《おうせい》な吸《きゆう》著力《ちやくりよく》があった。二十余年のあれやこれやを思いかえしてみれば、こうした段々《だんだん》深《ぶか》の気もちが、万一父にいなくなられたときに癒《い》やしがたい寂しさを残すのは知れていたし、私にしてもそれはかなり長期にわたる一大貧血だとおもわねばならない。父の病態が重いときには、つまり最もぴたりとして協力が必要なときというと、きまって両方ともが不機嫌になった。胸のうちになんだか気に入らないものを隠して、しかたなしに必要なことだけを、なるべくぶっきらぼうに云うし、しゃくい投げるような皮肉を云ったりする。少くも私はやりにくく、舌打したい感じになったことも度々で、こちらも負けずにいやにきぱっとした切口上になったりした。疏通《そつう》しなくなる看病人たちだった。萱野は千葉県だ。四十分の電車はまだしも、駅から家までの炎天がこたえる。小林さんは、こたえると云いながら、発病からほとんど毎日見舞に来てくれている。それが日・月と来なくて、きょうが火曜だった。私には父の顔つきはよくも見え悪くも見え、悪いとおもうときにはがたがた心配になり、いいと見ればだらだらとへたばりたかった。土橋さんも玉子もばあやも、みんながいいだとか悪いだとか、てんでが今云ったことをすぐ変《へん》がえして、まるで頼りにならなかった。私のみならず家中が、小林さんに来て見てもらったらと云いだした。

「お医者さんをさておいて、ぼくが先生の顔つきを診察に行くなんていうのは、どうも大役を仰《おお》せつかったもんだな。」小林さんは笑うような変な顔をし、ちらっと時計を見た。「そんなこと云わずに来てくださらない?」そう云ってしまって羞《はず》かしかった。われながらそんなふうにものを云ったことの珍しさ、てれ臭さ。のぼせて行くな、と感じて下を向いた。意地悪く小林さんが私を見つめているらしかった。間があった。「なにかそんなように思われることあったんですか、武見さん何とか云ったんですか。」返辞をしなかった。「なんだかはっきりしないな。あんまり暑いんで、あなたくたびれてるんじゃありませんか。あなたも武見さんにヴィタミンでも注射してもらったらどうです、二人病人になっちゃかなわんからな。」きめつけるような口調でそう云われると、だんだん悲しくなった。悲しくなると反撥《はんぱつ》し、ふいと椅子《いす》から立った。「私ゆっくりしていられないから。」風鈴の音なんていうこと、子供みたいな顔なんていうこと、口をぽかんと明けていたなんていうこと、人のまえで話すにはあまりに愚にもつかないことどもだと思った。もういけない、だめだと思ったことなどが、どうすれば通じるというんだ。私一人が、こわいっと思ったことなんだ。どう云えばいいんだ！　話したい大事なことでもあり、話すのは大事過ぎていやでもあり、惜しくて話せないという気もした。

「先生はお元気にはお元気だけれど……たしかに土曜に来た時よりは……お悪い。」やっぱりそうか、波のうねりに押しあげられたようだった。「あのね、あたし……。」風鈴のことを云わなくてはならないと思って、云いだしかねた。しかし小林さんはもうぐずぐずしていない、白い服をあたり近処へぱあっと光らせて帰って行った。武見さんの往診時間をくりあげて、ちょっとも早く見てもらわなくてはというのだった。あとでみんな寄って、「そうでしょうかねえ」と云いあった。ついさっき、いいの悪いのと云ったくせに、ああはっきり云われると不思議だった。

もとから私は、病気している父は私のおとうさんだけでない人という意識をこびりつけられていて困っていた。私の父だけでない人というのは、文化勲章を貰《もら》ったような人、文豪なんかと云われているような人は、という意味である、私の親ばかりじゃないんだ。

半分は世間様からのお預かりものの気がして窮屈だった。なんだかそれを思うと気骨が折れた。平生は私一人の父親だけれど、善悪ともに何事かあるときは、どこからかぴかっと光った眼が見えていた。真実な優しい眼もあり、意地の悪い、じっと見ている眼もある。父の学問を心から喜ぶ人がいる、父という人をただ愛する人がある、父から何か習い取りたく思っている人がいる。そういう未知の人をおもえば、私はなつかしく親しく感じる。父に仕え、みとり、少しでも余計に生きていてもらえば、この人たちがよろこぶだろう。なにか世のなかの役に立つという嬉しい甲斐をおぼえる。

私はよき子でなく、よき母でなかった。われながら出来ものとは思えない。父は私を量りつくしてもはや諦《あきら》めているという様子が見えていた。父はあきらかに優秀なものには特別な愛著を示し、出来の悪い近親より出来のいい他人の子は尊ばなくてはいけないし、且《かつ》かわいいと云ったことがあって、私はひどい云い争いをした。これを匕首《あいくち》に刺されたごとく受けとった私は、ままよ、刺さったままで一生通じて傷《いた》み通そうとさえ思った。子も亦《また》そういう母だと観念して、多くを求めあまえなくなっていた。ちょうど私が私ばかりの父でないと思うように、自分の母とばかり云ってはいられず、半分はえらい人であるおじいちゃまに仕えしめなくてはならない、そう諦めているらしかった。戦時立川飛行機製作所へ動員され、空襲を受けて夜遅くやっと帰宅できたとき、私は狂乱するばかりこの一人きりの子をいとおしく思った。が、玉子は云った。「かあさん、玉子の死骸《しがい》なんかさがしに来てくれなくていいのよ。おじいちゃまだって、いつ爆死なさるかもしれないいんだから、かあさんはおじいちゃまについててあげてね。」世のなかがいやになるほど、こっちが死にたくなるほど私はがっかりした。諦められてしまっているということは、憤激のあまりにたたきつけられることより、もっとあじきないものだった。父へも子へも、たがいに張りあいをなくしたその私も、未知の幾人の人が父の生命や学問や著述へ興味を有《も》っていて、私の父への奉仕をも喜んでいてくれるかもしれないと考えれば、私の血にも感激が湧《わ》く。やみやみ死なしては何にか申しわけない気がした。

看病は一朝一夕、きのう始ってきょう終るというものではない。一週間病めば一週間、一年病めば一年、病んでいる中《じゅう》全部が看病であり、心身晴れて休む間はない。父をみとる子というものが一人きりしかいない私の場合に、労働時間法も当てはまらず定期休暇をくれる人もいず、自分から怠けてきょう一日はと気ままにしてみても、心までは休まるものでなく、常住坐臥《ざが》、はっとしたりどきっとしたり、とりたててこれと云えない些《さ》細《さい》な、しかも執拗《しつよう》な憂愁の連続が看病というものだった。意地の悪い眼をした人たちは、忍耐のいる看病などを買って出るほど馬鹿じゃない。ある一日、ちょいと見舞に来、親切な忠告やら行きとどいた世話やらをしゃべって帰る。一時間の空《くう》なそれは何日の私の実努力より、病人に新鮮であった。知らずにすることなのかもしれないと善意に考えても、こちら側から見れば意地悪とよりほか考えられなかった。正常では何一ツものの手に入らないようにできていたその当時の食糧事情に、私の方にはあれもこれもありますなんていい加減なちゃらっぽこを云われては、毒を流されたと同じである。「先生、私先日某地へ参りましたが、ちょうど伊勢海老《えび》が獲《と》れて居りまして、あんなのを召しあがりましたら。」父は無性に伊勢海老がほしくなるが、ほしいなどと素直には云わない。「節というものは過ぎてしまえば又めぐるまで待っていなければ来ないものだ、おまえきょうの月は何日の月かい。」海老・蟹《かに》の類は月夜には痩《や》せて、うまくなくなると云われる。私はむっとおこる。一年三百六十五日朝昼晩朝昼晩、何もそう珍しい筈の海老じゃない。それでも人が云えば、ああ海老か！ 私は怒り悲しみながら、多少の風邪はおろか肺炎のあとだって押して東京駅の汽車に間に合ってしまう。熱のあるからだがぞくぞくし、顔ばかりほてる。何々湾だ、長汀曲浦《ちょうていきょくほ》だ、一ト浦一ト浦豊漁の地だ、青い海だ、潮騒《しおさい》だ。その底からあがったばかりの海老だ、甲羅《こうら》の濡れてる海老だ、尻《し》っぽでばさっと人の手をひっぱたく海老だ、肉がこりっと締ってるだろう、甘いだろう、うまいだろう。そうだ、やっぱり魚屋の海老じゃあいけない、海の青い水の中からひっぱり上げた海老でなくっちゃいけない。漁師のおとっつぁんに舟を出させろ、波んなかだ波んなかだ。そして、その海老を持って帰ろ。ついでに山葵《わさび》だ、柚子《ゆず》だ、パセリだ、みんな地面から生えて生きてるやつを採って帰ろ。闇屋《やみや》と差のない風体で、満員の上り汽車に荷をしょって立ち通している背なかでは、生きてる海老がきしきしと鳴く。労働が私を喜びと満足に純粋にさせるからまだしも救われたけれど、父の著書の新刊が卵一個の値段より廉《やす》かったこの当時、こちらの健康も財布の中味もかけかまいなく、やたら口を利《き》かれてはたまらない。意地が悪いと云わないまでも、意地がいい人だとは云いきれなかった。

　看病のしかただってそうだ。先生、ああなさったら、こうなさったらいかが、血の循環をよくするために一日に何回となく熱いお湯でお手足をお温めなさったら。湯一ッ沸かすにも自ら手を下さない人は勝手だ。スイッチ一ツで何リットルの水が何分で沸く設備なら云うことはない。新開地の水道は渇水《かっすい》してたらたらしか出ない。私はバケツを提げて近処へ水貰いに出かける。「ごめんください、毎度ご迷惑さまですが」から「ありがとうございます」までは、あたりまえの礼儀ながら小じれったい。不完全なへっついからは松薪《まつまき》の油煙が綿屑《わたくず》の如《ごと》く黴菌《ばいきん》の如くふわふわ四散する。七輪の口も煽《あお》がなくてはならない。酷暑だ、厳寒だ。それでも臥《ね》ている父の部屋へはいるときには、まさか尻《しり》っ端折《ぱしより》のままとも行かず、ひびの手の鍋墨《なべずみ》も落す。云われないさきに、手足を温めることなど何度やって来ただろう。が、あれほどしっかりしている父だのに、病人の悲しさ、次から次へと新規なことを求め、三日前にしていたことはけろりと忘れ果て、いま云われたことだけが新しく試みたくなる。ちょいと来て、ちょいと浮んだ常識程度のそんなことを云って、したり顔をしている人も人なら、父も父だ。胃痛でものが三日もたべられない私だろうが、そんなことには一切おかまいなしだ。恨めしく思い鬱憤《うつぷん》にもおもっているのに、私はなんという腹の締らないたちなんだろう。面と対《むか》って何か云う気力もなく、ぶつぶつしながら水を汲み火を焚《く》くそのあいだに、怒りは松薪の油煙とともに吹き散り、湯の沸くころには、毎日するようなら純綿のタオルをもう一本ほしいが、あそこへ行って頼んでみようかなどと他意なくなっている。なぜバケツへ手をかけたとき、さっぱりと機嫌よくできないのだろう。生乾きの薪のように渋るんだろう。腹が立つなら立派におこればいいものを、中途で向きをかえるそのぐうたらべえさ加減は、無責任なお歯向きの口一ツで容易に翻弄《ほんろう》されるのに、ちょうどいいところなのだろう。それにしてもあんまりだ。助言は百も千も多い方が頼りになったが、病気に倦《あ》きている病人に唆《そそ》るようなことは云ってもらいたくなかったし、まわりを見てものを云うだけの親切がほしかった。

本職の看護婦は休養の時間をきっぱり要求する。うちのものの看病は大抵の場合、休む間もなくだらだらと無際限に働かされ、病人のわがままに最も弱くなくては優しいとは云われなかった。そのうえ私の場合には、「先生は国宝的なかただから、どうかしっかり御看病願いたい。あなたも辛《つら》いことがおありでしょうが、りっぱなおとうさまをおもちになったのだから御辛抱なすってください。」しばしばそう云われた。何をか云わんやである。父は優秀かもしれず、それに親である。私は平凡な一女人、それに子である。国宝は大切だ、いいものは貴い。女だてらに縁の下でみごとな力瘤《ちからこぶ》を見せたり、鍬《くわ》の尖《さき》に犂《す》きこまれる雑草の花としおらし面《づら》をするのもいいけれど、それはあくまで親と子のあいだでやって行きたかった。人からちゃらっぽこに悲壮なる犠牲的献身などと扱われるのは、不服でもあり悲しかった。

著《き》るものだってそうだった。指に弾力がなくなっている父は、よくお椀《わん》やら皿やらをひっくりかえした。薬をこぼしたり、痰《たん》をまちがった処《ところ》へ吐いたり、しょっちゅうのことだ。一ト度味噌《みそ》汁《しる》をこぼされれば蒲団には大きなしみがかたどった。ほどいて綿を出して洗って張って縫って、また綿を入れて、その手間は天気がよくて大車輪でやっても三日はかかる。寝巻にしても夏なら洗濯《せんたく》だけだけれど、冬は絹紬《けんちゅう》の袷《あわせ》を著る。これがしみの目だつものだった。領《えり》から胸へちょいと醬油《しょうゆ》の粗相でもすれば、隠しようのない縞《しま》がついた。老いぼれた、老いぼれたと云って、からだの利かないことをくやしがり、「なに、これでいいよ。少しぐらいしみがついていたって、それで病気が悪くなるもんじゃない」と強情を張る。手数をかけて済まないという気もちと、もう一ツには自分の不手際《ふてぎわ》を際だたせられでもするように思うらしく、手まめに著かえさせようとすれば非常に機嫌《きげん》を悪くした。そんなところへ意地悪の眼が来られてはやりきれない。「白いものが白くない、ああ先生もお気の毒な。」私はそんなことを云われて悔やしかったおぼえがある。しみは寝巻や蒲団についたのではなくて、看病人の怠慢としての長いしみがつくのだ。

父の夜具は三組用意してあった。一度粗相にこぼせば、色も変るし柄《がら》もぼやける。敷きかえる度には陽《ひ》にも十分に曝《さら》す。敷きっ詰めであるからよごれは早い。病気はきたないものだ。三組だとて多過ぎはしなかった。悪口やひぞり言を云うなら、長い長い看病をして見るがいいのだ。なかなか手のまわるものじゃない。自分がよそ行の著物に著かえて綺麗事《きれいごと》にこしらえ見舞に来ていたりすると、病人の蒲団が何度陽に曝せばあんな色に褪《さ》めるものなのか、眼がくらんで見えなくなるのかもしれなかった。そのうえ父は云う。「おれは女郎じゃないから、そんな綺麗な蒲団はいらない。まさか他人に見せるための蒲団じゃあるまい。おまえがあんなふくふくの蒲団をこしらえるから、おれの背なかが曲っちまうんだ。至らないやつだ」と。私は笑うが、笑えるときは虫のいどこがいいときで、大抵はおこってしまう。私の怒りや懼《おそ》れにはいつも七八分の悲しみがつきまとっている。

人にあれこれ云われるのはまだよかった。最も悲しい怒りは、父の死の原因がきっと私に押しつけられる、それも父によってそうきめられそうに考えられることだった。おまえがああしたからおれはこんな病気になった、おまえが、おまえが、だった。人はおかしいと思うかもしれないが、私は真剣だった。そうおまえのせいにされては立端《たちは》がなかった。「先生は遠慮のなさからそうおっしゃる、あなたは子だから一番云いやすいんでしょう」と云う人があった。「歌うたってるんだと思や、いいじゃありませんか。」そう云う人もあった。親子の無遠慮はいいけれど、聴く人が皆そう思う人ばかりではなかった。その証拠には身近のあるものが父のおまえのせいだを悪用し、私は迷惑この上もないことがあった。「おれがいやだと云うのに無理に防空壕《ごう》へ入れたから、とうとうこんな病気にされちゃった」ということは、聴いた人が沢山いる筈である。そういう会話を、私はお茶を持って行きながら寂しく聴いていた。父は強い性格だった。始終云われていると、それに抵抗しきれなくなる。いつか自分も父の云う通り、ほんとにあの時おとうさんを防空壕に無理に入れたんで、それが原因で今こんなに病んでいなさる、お気の毒なと思う。暗示はかなり強く私に作用した。しまいには、おとうさんを殺すのは私だと、おびえるような時もあった。身近にかしずく者はときに過ぎたる賞讃《しょうさん》を受けることもあるけれど、もっとも苦しんで且《かつ》悪名を被《こうむ》ることもあり得る。有名な文人のまわりにとかくの評がなされることの少くないのは、いくら消息に疎《うと》い私でも聞いていていい気もちではなく、自分にも当然ふりかかる運命と考えないわけには行かなかった。おまえのたべものが悪かったから、などと一ト言云われればそれでおしまいだった。いや、それを意地の悪い人に聞かれたときがおしまいだった。人の云うことはかまうな、なんていうのは、忍耐のなり得る、つまりまだ心にゆとりのある時しか役に立つものじゃない。ほんとにつきつめているときは、何にだってちょっとこすられれば爆発するらしかった。らしかったと云うのは、遂《つい》に爆発しないで終ったからである。

午後、熱はぐっと持ちあがって来た。玉子がいたたまらず、追っかけ武見さんへ容態報告に出て行った。土橋さんが一ト《ト》しきり黙って父の裾《すそ》にすわっていた。寝入ったのを見すまして、私に話しかける。「熱はあがったけれどぼくは先生はなんともないと思うなあ。ああして寝ていらしても、もし悪いなら苦しむ筈だがなあ」ともっぱら否定する。草っぱ一本動かない昼の凪《なぎ》だった。「あしたは先生のお誕生日ですね、秋には盛大にお祝いしようじゃありませんか。あしたは内祝いだけれど、ここのお宅の挨拶《あいさつ》はむずかしいんでしょう。どんなふうにやるんです。ぼくは何をお祝いしようかな。歌を献《たてまつ》ろうとおもうんですがどうでしょう。文業六十年、たった筆一本で通した六十年だ、立派だなあ。早く文壇を隠居されたかたちだけれど、八十の今日まだ現役でしごとをしておられる、しかも小説をやろうっていうんだからなあ。ぼくは十年先生のそばに置いていただきたい。わき目もふらない勉強っていうのを経験したいなあ。」

松下さんが来た。信州へ帰省していて、きょう帰るなりすぐ来たという。家柄を誇る旧家の信州人というものは私には、おそろしく武張って堅い恰好《かっこう》とことばで挨拶をするように思える。松下さんもそれだが、そのうえ柳生《やぎゅう》流の遣い手だというから余計そうなのだろう。臥ている父に四角い辞儀をしている。上著をお取りなさいと云えば、これで結構だと云うが、結構でない証拠に頭から滝のごとき汗を落している。「松下さん、おとうさんの容態どう思います。」「どうって? どういうことです。」松下さんも非常を感じていないらしかった。松下さんも長い馴染《なじみ》だった。戦後、本屋をするというので父は祝いの意を以《もつ》て音幻論の原稿を与えたが、そのときについでに本屋の名前もつけてくれと頼まれ、松下さんは洗心録から採って洗心書林としたいらしいのを、父は東京風に縁起を祝って、「商号に洗うというのはよくなかろう」と云いながら、おかしなことに流芳閣とつけ、しきりにいい名だろうと自分から気に入ったようだった。私は変だなとおもい恐る恐る、「おとうさん、いい名だけれど流れるという字なのね」と注意し、父はあという顔をしたが一流の押しで、「流れたって流芳はいいんだ」と云い、さすがにすこし気がさして、「あいつは気にするかな」と、今度は達徳堂とした。達徳堂は立派だが音がなんとなくトットコトーとかタッタカターを連想さして少し滑稽《こっけい》だった。うやむやのうちに洗心書林として音幻論は本になった。これが父存生中最後の出版となったものだった。

夕方、武見さんと玉子が著《つ》いた。先生は父と談笑しながら注射をし、夥《おびただ》しいアムプールの殻《から》がさりげなく洗面器の蔭《かげ》にころがっていた。肺炎と診断が決定された。不安も決定された。土橋さんは先生のお宅まで薬取りに行くことに即決し、立ち話のままを牛蒡《ごぼう》抜きのかたちで先生の車へ一緒に乗ってしまった。先生のお宅は柏《かしわ》で距離は相当だったが、それを云ってはいられなかった。玉子が青い顔で箪笥《たんす》によりかかってぐったりし、ものも食べない。東京からの道路が凄《すご》い穴だらけで、小型の自動車じゃ楽じゃなく、ねじれるようなからだの揉《も》めかただったという。「先生もあれじゃ重労働よ」と云われ、これからさき度々来ていただくには往復がどうかと気づかわれた。

父の肺炎は珍しくなかった。一昨年のあれは冬、かなり心配な病状だった。ゆっくりゆっくり少し少し直った、そしてとうとうみんな直ってしまった。ゆっくり重病人のよくなって行った楽しい想《おも》い出が、現在の病気の上へつながって行き、ああ又あんなふうにして直って行くんじゃあるまいかと、むしろ安心が顔を出したりした。遠慮っぽくばあやが、あすのおこわの支度を訊《き》いた。どきっとした。昼間土橋さんに云われていたのに、まったく忘れていたのだった。ようやく訪問者は多くなって来ていたし、雑用は殖えていたし、日没の気ぜわしないときに診断の決定があったりして、まるで忘れはてていた。父の誕生日はほんとは七月二十六日らしかった。父自身もはっきりしていない。継母《はは》は忘れるのか面倒なのか、それともそういう風習を好まないのか、あるいは誕生日を祝うほどの愛に乏しかったのか、夫の誕生日に特に心をつかわず、とかく忘れがちだった。幸田家は茶坊主《ちゃぼうず》の出だから、そんな折目折目は正しい習慣だったろうし、父の母はきちんとした人だったから子供には子供なりに祝ってくれたという話を、父はした。

私がかたづいて父の家を出て以後は、いつも誕生日はおもしろく行かなかった。まさか嫁に行って人の女房になったものが父の誕生日だからといって、里の台処へさも親孝行ぶって顔を出すなどは継母《はは》への遠慮があって、敢《あえ》てすれば物議の種になる虞《おそ》れがあった。私の夫は父の気に入りそうな料理を出張させてはどうかと考えつき、当時小綺麗《こぎれい》につくる八新亭を呼んで、文子夫婦からお祝い膳《ぜん》を献上することにした。継母も手数がかからないと云って喜び、自分も席につらなり、宴は和気のうちに進行し、あらかじめ旨《むね》を含んだ板前は最後の皿に念を入れて、ちょっとした剝《む》きものを添えたりして、祝いの趣向を凝《こら》して出し、父は賞美した。それからだった。いつまでたっても赤の御飯もおこわも、ただの御飯さえ出て来ない。私ははらはらする。夫は間をつなごうとして父へ酒をさし、自分は父の倍もひきうけて飲む。敏感な父がたまる筈《はず》がない、遂に、「飯」と云った。「文ちゃん御飯は？」はっと縮んだ。道具をしまいかけていた板前があっけに取られて、「お赤飯御用意なさらなかったのですか」と云った。下女はぼんやりしていた。継母は、「料理屋だからおこわの折を持って来ると思っていた」と云ったそうな。夫の話によれば、父はすわり直して無言で継母を睨《にら》み据《す》え、継母も平然と父へ眼をあわせ、父はつっと夫の方へ向いて笑顔で、「幾《いく》さん勘弁してやってくれたまえ。弁当屋しか知らないんだろうから。あああ」と云ったそうだった。

それ以来、父は余計誕生日を気にした。依怙地《いこじ》になって、まるであら捜しをするように一々文句をつけ、女中などは傍杖《そばづえ》できっと泣かされていた。二十三日か六日か、はっきりしないとすれば、三日早く二十三日にした方が事がすらりとして無事だった。毎年その日の朝は床を離れると同時に、私たちはぴりぴりしていた。祝い膳は夜のしきたりだったが、朝の挨拶のときに家中が揃《そろ》っておめでとうと云った。それではじめて父の方もほっとするらしかった。そんな経験の誕生日である。一ト月も前から餅米《もちごめ》にしろ小豆にしろ用意がしてあった。歌にうたっていて、きょう私は迂闊《うかつ》に忘れてしまっていた。暮れた道を一ト筋に魚屋へ行った。

戸がしまっていて、呼んでも返辞がなかった。なんだか気弱くなっていて大声が出せなかった。裏木戸を憚《はばか》りながら敲《たた》いた。あすの仕入に是非鯛《たい》一枚をと頼みながら、ふっと鯛はないかもしれないと思い、なんでもいいから景気のいい大きな尾頭つきを頼むと云った。「そんな贅沢《ぜいたく》云ったってあるかどうかわかりゃしない」と突っぱねられた。もしあすになってほんとに、無かったの一ト言でかたづけられてはどうにもならないので、なんでもいいからとくりかえした。「大きな魚でもいいんだね。」「大きいほどいいわ。」私はいなだ・わらさ・せいご・鱸《すずき》を描いていた。出世魚だった。「平目ならきっとあるけどよ。」平目はおもいがけなかった。真夏の平目、しかも底ざかな。あっと息を呑《の》んで思いあたる白黒の魚。「おばさん平目はごめんだわ、祝儀の焼き魚には使えないもの。」

土橋さんは遅く帰って来た。薬は一定の時間があって徹夜が必要だった。父は嚥《の》みながら、「時間のうるさい薬なら峻剤《しゅんざい》かね」と云った。

＊

二十三日朝、みんな揃ってお祝いを云いに行った。「やあ、ありがとう。」機嫌がよかった。「長く生きたもんさねえ、幸田のなかじゃあ一番長生きをしたかもしれない。」おとっつぁんは、おっかさんは、にいさんはおいくつだったと敬語で話した。午前に往診があった。病状については何も云われず、おこわはいけないが赤の御飯ならとゆるされた。時季物だから鱸かいなだかと思った大きな魚のあては外れて、ないと思った鯛だと聞いてほっとした眼さきへ、冷蔵庫から出て来たのはまあ六寸、そうやっと七寸、中鯛《ちゆうだい》とは云えぬちんまり小さいそれが鯛だった。ああ玉子を船橋の市場へ奔《はし》らせるべきだった、ああ人を築地の河岸《かし》へやればよかった、小鯛がなんとして出せるだろう。もう船橋へも築地へも間にあわない、魚市場は早くに切りあがってしまうものだった。申しわけなさ。私はばあやに掻《か》き口説いた。ばあやは、鯛は魚の王様だから不足を云うことはないと云った。

つくづく見るそのちいさい魚。生きは極上だった。えも云われぬ美しい整ったすがたをしている。鰭《ひれ》の薄い膜は人体のどこにもない美しさ、穏かな眼つき、一枚も損じていない鱗《うろこ》、魚のからだ中の表情がすなおだった。魚屋の盤台に並ぶ魚にだって表情はいろいろある。潮を離れるとき絶叫したことをおもわせるのもあるし、ふわふわっとあがって来てしまったというのも、さんざ駈引《かけひき》をしてくたびれきったのもある。眼に血をさしたむごい形相《ぎょうそう》のさえもいる。これは親魚に云いつけられると何の疑うところもなく忽《たちま》ち、はいと云ってまっすぐうちへやって来た魚だ。あわれに美しく、あまりに可憐《かれん》な魚だった。秋の快気祝いには、これの親兄弟一族がずらっとやって来るつもりだろう。この幼い魚をおとうさんにおあげしよう。誰にも雑用が多く、訪問者にもさまたげられ、台処に専心できなかった。夜はなんとなくいやだったから昼にした。

お椀《わん》・野菜の甘煮《うまに》・ひたしもの・塩焼、それに赤の御飯をつけた膳は、ちまぢまとわびしかった。実際私の手であげた祝い膳でこんなわびしいものははじめてだった。二タ足か三足の短い廊下を行くのに感傷がこみあげた。父はもうじき死ぬという気もちと、かならず死なないという気もちと、相反する二ツがどっちも決定的な威圧を以て、しょっちゅう入り乱れ、どうかするとそれは眼前のことでなくて数年後の予想のようにもおもわれる。はた眼にも私はぼんやりして見えたろうが、自分にはそれを錯乱とも思わず分裂とも思わず、気が張りすぎて間がぬけたといったたちの不手際をし出かしてばかりいた。私はお膳へ御酒を忘れてしまったのである。あれほどよく知りつくしているのに忘れた。ともしい膳を枕《まくら》もとに据えて詫《わ》び、「形ばかりでございますが、お食気《しょくけ》があるなら赤の御飯一ト箸《はし》めしあがってください」と云った。秋、気候がよくなってものの味がうまくなるとき、親しい誰彼が皆寄って賑《にぎ》やかな祝宴をすることが、春からきまっていい、父もそれを楽しみにして、「身祝いにわたしも何か御馳走《ごちそう》する」と云い、主人役の私と玉子は趣向を話しあったりしていた。云わばきょうは、はじめからほんの内祝いのつもりだった。

「折角だがとてもたべられない」と云い、蒲団《ふとん》の上へ載せろと指さす。いつもの通り右下に臥《ね》てい、枕が低くて下に置いた会席膳は見えず、眼がそちらを見ようとしていた。いまさらあまり粗相で、相済まなくて見せたくなかった。父は待っているし、見せないわけには行かない。膳を蒲団の上へ載せた。眼が椀から皿へ、皿から皿へだんだんまじめに見て行った。今なにか云われるか今なにか云われるか、私はこわさで一杯だった。父は長いこと茶碗《ちゃわん》へ盛った赤の御飯や小さい鯛や甘煮を丁寧に見ていた。もう私はとてもたまらなかった。膳をさげようとすると、とっと父の左手が伸び膳のへりに指が鍵《かぎ》にかかって、私の方へぐっと手ごたえがした。ぐっ、ぐっと徐々に、もっと力を入れて手前の方へ引きよせ、そのあいだじゅう横眼に流れた眼がまだ皿から皿へ、ゆっくり移っていた。なんとしても私も手が放せなかった。負けては大変だとおもって、ぎゅっと引くといっしょに御飯も皿もずっとずり寄って、吸物があふれ、父はするすると夏がけの下へ手をひっこめ、しずかに仰向きになると眼を閉じたままにこっと笑った。

膳をそこへ置いて見ていると、いつまでも笑っている。さっとフラッシュを浴びたように悟れた。おとうさんは子供のときを思いだしている、おばあさんがきっとこんなお膳をこしらえたことがあるんだ、うちは貧乏だったというからこんなお膳だったんだ。

たしかめたさを押えることができなかった。「おとうさん何笑っていらっしゃるの。」「うむ？　ああ、おまえまだそこにいたのか。」私は閃《ひらめ》いたことを確かだと思った。父の眼は涙があったんじゃないかと思われるほど優しかった。そういう優しい眼はめったに見せないけれど、父の特徴ある眼つきだった。涙ではないのである。「笑っていらしたのよおとうさん。」「うむ。飯はあるんだろ。」「赤の御飯？」「ああ。」「ええ、どっさり炊《た》いたから。」「まだだろ、早くおあがり。」

父はその母に愛されざるの子だったと、父自身云っていた。それだのに、おばあさんの亡《な》くなったとき号泣して、私と弟はびっくりして笑ってしまった。私も父に愛されざるの子だと思っていた。延子叔母ははっきり云った。「おとうさんは文ちゃんをかわゆくないやつだとおっしゃったよ。かわいかった子はみんな亡くなって文ちゃん一人残って、泣いたりおこったりしながら、それでもおとうさんのお世話しているだろ。それを思うとおばさんは蔭ながら旗を掉《ふ》ってるよ。」いとこたちと違って遊芸もつけられず学校成績も芳《かんば》しくない私の、いやだいやだとおもっている家事婦としての資格で叔母に応援されたことは、私を忍耐させ慰めた。父の古い弟子の倉本さんは、「先生は歌子さんと一郎さんをおかわいがりになりました」と云う。それは私が好まれなかったことを云っているのである。漆山《うるしやま》さんは小林さんに、「文子さんは小さいときからどういうものか具合が悪かった」と気の毒がっていたという話である。ひがみ根性ばかりでなく、事実私はかわゆくないところのある子だったらしい。疎くされたことは悲しく、悲しみは恨みに生長し、年とともにいよいよ頑《かたく》なであった。私はほんとに父に愛されたかった。そのゆえに恨みは深く長かった。

おもいがけない小さい鯛が波の間から、ぴかっとお膳へのっかった。自然には法則もあるけれど勝手気ままなところもある。表《うわ》っ面《つら》を向いた子ばかり生れるわけでもなけりゃ、裏目に編まれて出て来るやつもいて不思議はない。愛されざるも愛されるも、もと二個でない。愛された子も愛されざる子も子、愛された子にも愛されざる子にも親は親、すべての子はその父の愛子なり。父に詫びたく思った。わが恨みのゆえにわが心を長く汚して、つまらないことをした。感心屋だの泣虫だのと云われている私に、涙も感激もなくて手持無沙汰《ぶさた》のようだった。喜びを分析すると、澄むとか洗うとかいう部分があるものだろうか。解脱《げだつ》といえるかどうか知らないが、永いあいだのものがふっと気の変るときは、感激やら涙やらの伴奏なしに、そのことだけが静かについと折れるのだろうか。

小さい鯛は四人で分けてたべた。最初に箸をつけた玉子が、「水無月《みなづき》や鯛はあれども塩くじら」と祖父をまねておどけて云い、「かあさん意外においしいわよ」と云った。夏、鯛を使うと父は必ずこの句を云って、「元禄《げんろく》から何百年たってると思う」と云って歎《たん》じていた。御飯はおいしかった。どっさりたべて、しばらくすると睡《ねむ》くてたまらなかった。このときまで父は右下が臥勝手だったのが、仰向きの臥かた、大の字なりに臥るようになった。

午後、幸子叔母と次男の膺《おさむ》が来た。父と叔母の対面は短い時間で終ったが、そばにいて私の受けとったものは辛《つら》いものであった。従弟《いとこ》膺の心中を推察するにいたっては、なおさら辛い同情が溢《あふ》れた。また発病以来、またいとこ成憲が勤務の暇を割いては見舞ってくれ、これはまた人のいやがる勤務雑用に黙々と身を惜しまなかった。彼の胸中も察するに余りあるものであった。思うところあって、今この記に二人の姿をしるさない。残念である。ながく父の想い出とともに私の語らざる記念であるとおもう。

家は狭く人は漸《ようよ》う多く、夏のありがたさ、皆ごろ寝である。連日の睡眠不足と、混沌《こんとん》とした精神状態と、そのうえ小さい鯛のお膳やら、叔母・いとこたちの血縁の悲しさやらで、私は疲れを感じていた。眼のまわりに隈《くま》ができてると注意された。今夜は人手も多いし、ゆっくり休むようにと、土橋さんが誘ってくれた。私はふっと、なるほどゆっくり休みたいとおもった。父に心は残りながら大勢の人のいることに、安心の眩惑《げんわく》があった。それほどにも気にならず出かけた。そして土橋さんの両親やら妹さん夫妻にいたわられて、熟睡した。

二十五日、朝八時帰宅した。狼狽《ろうばい》した。父はすっかり様子が変っていた。しかもそう云って私が騒いでも、誰もぼんやりと変な顔をして訝《いぶか》しげであった。それでも私の騒ぎかたが常軌を逸していたために、それにつれられてあわてた。誰にもわからない変りかたが私にだけ、あまりにはっきりわかった。

二十六日。食事はなんでも望むものをたべさせていいと薦められていたが、父は全然たべたがらなかった。果汁とか牛乳・鰹《かつお》だし・若鶏《わかどり》スープ・葡萄糖《ぶどうとう》、そんなものの冷やしたのが極僅《ごくわず》かずつ漸《ようよ》う通った。吸い飲みから口へ含んだものを喉《のど》へ通すのが急にいやになるのか、そのままかぶかぶと吐きだしたりする。しばらく見ていて、もう飲みこめたなとほっとする頃になって、溜息《ためいき》といっしょに頬《ほお》と歯の根の間から流れ出て来たりする。自分でもだらしがないと云って苦笑するが、おこらなくなった。喉へ食物を送る筋肉がまずくなってきたことがわかった。おしもはまだ確かだった。私の状態がこの日あたりから幾分よくなってきた。ひょっとした時に、ああようやく頭が軽くなっていつものようにはっきりして来た、とおもえた。そんなときには俄《にわ》かにあわてて、いかにして父は病み死んで行くか見とどけなくてはいけないのだとあせった。が、じきにまた雲がかかったように冴《さ》えないでよそへ逸《そ》れて行った。よそへ逸らせる原因の雑用、私でなくては決定しないような雑用が、又よくもよくも後から後から続いて湧《わ》いてきた。

「きょうも暑うござんすね、おとうさん暑い?」私は探る。「ああ暑いね。」「何かあがる?」「いらない。」大丈夫だとおもう。しかし、どう見ても挽回《ばんかい》のむずかしい容態と思えた。不安心で絶えず話しかけていたかったが、起《た》ったりいたりしなければならなかった。午《ひる》になった。「お昼飯あがりませんか。」父はまじまじと天井を見ていたが、「ああたべよう」と云った。おやおかしい、へんだ。「御飯あがる?」「ああ。」「おかゆの方がいいでしょ。」「かゆがいい。」「玉子豆腐でも?」「ああ玉子豆腐。」慄然《りつぜん》とした。これはまったく父でない人のことばであった。恐ろしいことだった。現在この耳でこの眼で間近に視《み》て聴いてい、父が父の声で父の舌で話していて、全然父でなかった。断然父でなかった。何が父をしゃべらせて私と会話させているのか、臥ているのは何なのか、どきっどきっと脈が搏《う》っている。「おとうさん。」「ああ。」「いま何おっしゃったの?」「飯のことだよ。」ほっとしたが、疑問があとへ残った。たべると云ったって、……これが最後の食事になるかもしれないのに、私にはまるで料理する意志が動かなかった。やがて、ばあやが食事を運んで行き、ほんの少しの流動物しか摂《と》れなかった父が、突然いい加減の分量の七分粥《がゆ》と玉子豆腐をたべた。ただ口を動かして飲みこんだらしい。「先生おいしゅございますか。」「あああうまい。」そういう会話がさっきのあの鸚鵡《おうむ》がえしの調子で話されていた。正午の陽《ひ》は屋根の下まですさまじい熱を射てよこし、耳のはたが燃えてる火のようにぼうぼう鳴っている。うまくもないだろうに粥なんかぱくぱくたべて、無意味な復誦《ふくしょう》ばかりしている親爺《おやじ》というものは、いったいどうしたんだろう。感情が亢《たか》ぶり、やたらと癪《しゃく》に障って情なく、かつ気味が悪かった。ここに生きて話しているのが、平生父として仰いできた人と違うのは確かであったが、それならばこうしているうちアブセントになっているいつもの父は、どこへ行っているのだろう。人間は単数でなく複数でできているのかとも思え、もしもっと違った父がばらばら出て来たらと想像すると、汗もなにもつめたく流れる。「先生おしげが。」「ふむ?」「おしげが——」「ふふふ、しげじゃないよ、ひげだよ。」「いやですね先生。」何のことだか見なかったが、たぶん粥が鬚《ひげ》につきでもしたのか、純粋な下町育ちのばあやは、ヒとシを訂正されて苦笑していた。

午後、父は眼を閉じていた。が、睡ってはいないようだった。そうしているところを見ると、何が何だかちっともわからなくなる。神色泰然、健康時とちっとも違わず安らかだった。土橋さんが一緒にすわっていた。話という話もせず二人ともすわっていて時がたった。空が雲だって夕立でも来る模様で、部屋のなかも暗くかげった。降れば嬉《うれ》しかった。気がつくと、すっすっと寝息がしている。夜はほとんど睡らず、昼は時々短く睡るきのうきょうだった。と、「む、む、む」と詰ったような息ともとれて呻《うめ》いた。腰を浮かせて窺《うかが》うと、眼をつぶったまま、「はい、はい」と丁寧な語調で明瞭《めいりょう》に云った。「おとうさんどうなさいました。」「ああ。」まだ眼を明かない。「夢を御覧になったんですか。」ぽかっと天井を見ている。「ううん、そうじゃない、先生と行って来た。」「先生?　どなたです。」「小さいときの先生。」「菊地松軒先生ですか。」「いや。」「関先生ですか。」「違う、おまえの知らない先生だ。」「先生とどこへいらしたんですか。」「遠い処《ところ》。」「遠い処?」「渚《なぎさ》にある家《うち》。」「え?　渚にあるうちっていうと海岸?」「ああ。」

「利根川《とねがわ》ですか。」「いや。」「隅田川ですか。」「いや。」「北海道ですか。」「いや。」「伊豆ですか。」「おまえの知らない処。」水からあがった魚が口をぱくぱくさせてるような感じで、父はぱくぱく返辞をしてい、またたかずに天井を見つめていたが、こころもち頭を私の方へかしげ、薄く笑った眼つきは、もうちゃんと正しく父の眼になっていた。「もういいよ。」それで会話は済んだ。四時半を過ぎてい、夕立は降らずに通り過ぎた。

＊

二十七日。ゆうべ父はちっとも寝ない。睡れないのだという。今夜は私と土橋さんが徹夜し、玉子とばあやが休む番だった。よく働いていられると思うほど昼間は誰もしゃっきりしていながら、夜になって横になるや正体はなかった。老いて痩《や》せたばあやと若く肥《ふと》った玉子とが、破れ蚊帳《かや》に無心に寝ていた。スフ蚊帳は緯糸《よこいと》も経糸《たていと》も目寄りがしたり、へばったりして、継ぎのしようもないのだ。蚊を飼っておくようなもので吊《つ》らない方がましなのに、吊れば気もちは凌《しの》ぎいいらしい。徹夜も続いてくると十二時過ぎにはもうこらえられなくなってしまう。私も土橋さんも疲れたともおもわず疲れてい、私は父の裾《すそ》の方で宵《よい》から突っぷして居睡りをした。度々はっと覚め、ああいけない、寝てしまったとおもい、土橋さんが起きているなと見る途端に、又すうっと睡った。その気もちのよさ。居睡りをして行くなと知りつつ、なんども居睡った。ふっと正気になった。土橋さんが大きなからだをころがして鼾《いびき》をかいてい、やっぱり父の面前をはばかる同じ心もちらしく、私と撞木《しゅもく》に長々とのびてしまっていた。父一人が例のまたたかない眼を天井に向けている。年よりの病人が若い健康なもの二人を見守ってくれているとでも云いたいような不体裁さが、寝ぼけ眼《まなこ》にもはっと映った。すぐ起《た》って台処へ行き、口を洗った。——おとうさん、おこらなくなったなあ。さすがに近処も深くしずまって、氷を割る音に寒夜のようなひびきがあった。

「嗽《うが》いなさいますか。」父はものを云わず氷の水を含んだ。ちっとも変ったところの見あたらない顔つきだった。云うほどの痩せも目だたず、顔色も平生と同じくつやつやしている。ただまたたくことが間遠になっている。眼はほとんど鑑定のほかだった。どうともとれる眼だった。あとから思えば、ああいうのがつめたくなって行く人特有の眼だったかも知れず、見る方の眼が鈍いかぎりだったとも云える。眼は口ほどにものを云うとあるが、父の眼は実に微妙な心的変化をよくあらわした。無邪気というより、むしろ正直であった。たのしさも悲しみも浮きつ沈みつしてよくあらわれた。愚痴な哀訴などを聴いてやっているうちに、だんだんと一段一段深くあわれに思って行って、遂《つい》には目の前にいるその人を通りぬけ、そのうしろにひろがっている多数なものへのあわれみを感じている——そんなときの眼は、もっとも鮮明に内心があふれていたとおもう。そうかと思うと又、うかがうことをゆるさない眼のときもある。まったくの遮断《しゃだん》とおもえた。凝《こご》るごとき遮断と、放散するごとき遮断とがあるが、このときの顔というものはまるで面《めん》である。微動もしない。蛙のしゃっ面水《つら》かけた的なもので、なにを考えているか手がかりがなく、憎いという感情をおこさせた。もう一ツある。顔を前につき出しておいて、眼の奥に遮断があるのだ。にやにや笑っているくせにその眼が笑っていない。ふうん、ふうんとうなずいているのに、その眼は同情の眼でない。笑やうなずきの向うにあるものは何なのだか、まことにわかりがたい。私はいろんな場合のいろんな眼を知ってい、なまじ知っているだけに色眼鏡だった。またたかない眼、印刷木目の妙な天井を見ている眼。威は感じなかったが、無遠慮に見つめればたしなめられそうだった。穏かではあったが親しげではなかった。

私も黙ってすわったまま、へりの擦り切れた畳や枕もとの机の上を所在なく眺《なが》めた。三年もあるじの倚《よ》らない机は、沢《つや》を失ってされていた。文具は戦禍に転々しているうちにいつとなく失って数がへっていた。あたりがすすうっと、絞りをかけられたように暗くなった。電燈がヒラメントだけを赤く残してあぶなくなってい、あ、あ、あと云う間にその赤い糸屑《いとくず》のようなあかりは二三度またたいて闇《やみ》になった。しまった、蠟燭《ろうそく》がなかった。あたかも父が読書中であったかのようにあわて、しかし習慣的にしずかに起って勝手へ行った。マッチは置くべきところにきちんとあったが、あらためるまでもなく蠟燭はなかった。提燈《ちょうちん》のなかにないかと救われたように気がついたが、わずかに受け皿に流れた蠟へ、燃えのこりの芯《しん》が崩れていた。やむを得ない、マッチを擦りつつ又枕もとへかえった。部屋の隅《すみ》に蚊取線香がぽっと赤い。「うちだけかい。」「いいえ、どこもなの。」早くつくといいけど、いつまでも暗いといやだと云うと、「夜だろ」と云った。文明の利器に頼りすぎるのは一種の愚だと云われつけているので、おもわず皮肉がおかしくて笑った。

　土橋さんの鼾が耳だつ。やや長くそうして闇の沈黙のなかにすわっていると、又々睡さがかぶさって来てたまらない。暗いなかで眼を見はっていることが大体むずかしいんだなと気づき、いつか手から放してしまっていたマッチをさぐり出すと擦った。ほとばしり出る焔《ほのお》につづいて軸木に油が熔《と》けわたり、しずかに縮まって行き、尽きようとして煙草盆《たばこぼん》へ放し落したとき、父が身じろいだようだった。不安になってもう一本しゅっと擦って、ちょっとかかげた。揺《ゆら》いでいた。どきっとしたとか、ぞっとしたとか、愕然《がくぜん》・慄然《りつぜん》、みな違う。強《し》いて云えば、高い処から突き落されたら途中があんな気もちかと考えられる。仰向きとばかりきめていたのが、枕のはしに落ちそうになってこちらを向いていた。まるで父にして父でなき、ものだった。眼のまわり・こめかみ・頬・口辺、げそっと隈どり削《そ》げて、その眼。義眼もまだいい、魚族の眼もまだましだ。しかし父の眼だった。いや誰かの眼だった。知らない人の眼だった。見たこともない、とろっとした眼が、あっけらかんとただ明いていた。火が消え、いやな気もちが濃くなり、父のそばが離れたかった。逃げたかった。父の部屋を出は出たが、二ヶ間きりの狭い家の闇のなかに、いどころがなかった。がちゃがちゃとガラス戸を明けていると、「奥さま、どうなさいました」とばあやが訊《き》いた。どうしたことか外の空気は、部屋のなかより蒸暑く、蜘蛛《くも》の巣のような何かが顔へぺたぺたした。こわいっとどなりたかった。やがて電気がついた。父はいつもの通りしずかにしている。あけがた近いと知れていたが、異常な睡さだった。

このあけがた、父はやや長く私と話し(そのことは「終焉《しゅうえん》」に書いておいた)、「じゃ、おれはもう死んじゃうよ」と云った。さっぱりと雲が晴れたように、父はかならず死ぬと私はきめた。

二十八日。もうどうにもいけなかった。血色はよかったが、一ト晩で顔にやつれが見えた。停電のあの間のうちに境があったのだろうか、今でもよくわからない。からだ中にがっくりした潰《つい》えが見えた。骨太なだけに筋肉が萎《な》えはじめては、胸や肋骨《ろっこつ》がむごたらしく浮きだし、鎖骨の窪《くぼ》みは気味がわるかった。胃部が断崖《だんがい》のように落ち窪んで、腹がたふたふしていた。酒焼けの領《えり》もとがV字型に赤く、全身美しく白い皮膚だった。これが私のよく知っている四十余年間の父の、臨終の肉体だった。子供のとき、三人きょうだいの姉と弟は父の秘蔵の気に入りっ子、なかに挟《はさ》まれた私は疎《うと》くされるのを承知で、遠慮しいしいあの肥っていたおなかのあたりへ纏《まつ》わったことだった。働きざかりの十六七歳には、襷《たすき》がけで大きな背なかを流してあげた。嫁いでからは手前にかまけて、だんだん老いて行く父を遠くから見ていた。出戻りになって帰って来、ふたたび一緒に住んでからは、また近く仕えた。晩年は看病だった。ことに最後の、雇い人なしの何ヶ月かは、しみじみ介抱してきたこの手この足だった。

私が父にして父にあらざるものと見て、恐れおののいたものは、実は父のからだの上へ死が這《は》いあがっていたのだ。私は死の顔を知らなかっただけである。けさは、私の父でなく死の占領したものである時間の方がすっかり多くなってしまった。人はそれを見て涙ぐんだりしたが、私はつまらなくなっていた。はっきり云ってしまえば、こんなものならいやだ、もういらないと思った。「早く楽におなりの方が」と云う人もいた。父にはもうすでに楽であって苦痛はないと私は知っていたから、早く息をひきとってもらいたいなどと思ったのではないが、こんなからだだけならいやだと思い、父の蒲団《ふとん》の上へ一緒にすわりこんで、じっと見ていた。ときどき短い間を、ほんとの父にかえってくれるとき、怒濤《どとう》のような悲しさとなつかしさが押しよせた。「おとうさん、わかりますか。」「文子だろ。」それは浸《し》み入るような悲しさであり、尊敬すべき父の姿だった。瀕《ひん》死《し》の状態であってもなお高い処に寂として父のすがたでいた。はるかの隔たりを仰ぎ見るおもいがしたことを忘れない。一人のこして行く文子をいとおしみつつ愛《かな》しみつつ憫《あわ》れみつつ、微笑していたその眼、まことに慈父であった。いま私はみずから愛子文子と信じて疑わない。

清澄《せいちょう》な意識にかえっている時間が、だんだん短くなって行った。かえりそうに見えて呼んでもかえらず、ぐっと沈んで行くこともあるようになった。死んだら死んだってもういい。空襲はついこないだだったじゃないか、病んで起てない父といっしょに、どこで焼け死ぬか、のたれるか、運だときめていたあの悲しい極まりようを思いだせば、これは貧しいことを除けば、何も無理のない往生かもしれない。きびきびとし尽したみとりとは云えないけれど、不誠実に尽した手落ちなさよりずっといいと思っている。世に名を唱《うた》われた人の身のまわりが、あまりの人ずくなであったが、もともと親と子と孫の三人きりの、はじめからの人ずくなである。戦禍で死ねば医師も看病もない。まして親類の知りびとのと、騒ぎまわることはない。時に遇《あ》う人が多かろうと少かろうと、それが縁だ。人から見れば貧乏たらしくみじめかもしれないが、私はこれでいい。うちばかりではなく国民一般みんな貧乏なんだし、みじめだと云ったって身体の壊滅なんだもの、みじめにはきまっている。父はよく云った。「医者にもかからず直ったということは聞くが、死ぬときは大抵医者にかかって死ぬものだ。名医だとて命は別だ」と。そんなに悪い死にかたじゃあるまい。

夕がた、また私は父の蒲団へ一緒にすわって、意識のかえって来る折を待って眺めていた。からだだけというものが、かくもつまらないものだという思いきりが、みれんなくついていた。ときどき溷濁《こんだく》のなかから還《かえ》って来る正真正銘な父のすがたを、遁《のが》したくないと思って待っていた。もう云うこともなければ不安もなかった。ただできるだけ父の心にまつわっていたかった。せわしい足音がして、武見さん・小林さん・松下さんがはいって来た。診察を済ませると武見さんは、さっさと玄関に降りたち、おっかけて小林さんも靴《くつ》をつっかけ、ふり向いて、「文子さん、先生を自動車まで送りましょう」と云った。

どぶと自然の生垣《いけがき》に挟まれた路《みち》は、二人ならんで歩くのに窮屈だった。小林さんは先生の一歩うしろから覗《のぞ》きこむようにして何か話して行く。私はわざと五六歩の距離を置いていた。白幡《しらはた》神社の広場の入口に自動車がとまっている。いなかのお社さまはさすがに、ひろびろと境内を取って、樹齢二百年余とおぼしい太い榎《えのき》が何本も枝を張っていた。海岸が近いから若木のときには相当揉《も》まれて育ったのだろう、皆それぞれに傾斜をもって節だっていた。ものはその収まるところどころによる。榎はこんな広い処ではなかなかかよかったし、枝のふりにはおもしろい趣があった。小石川蝸牛庵《かぎゅうあん》の前にも二百何十年とかいわれる大榎があった。道しるべにでもしたのか、往来のまんなかに聳《そび》え、これは味もなくまっすぐ立《だち》だった。蝸牛庵が焼けた煽《あお》りで半分は立枯れになったが、余命を保って道行く人をふり仰がせていた。私はその古榎の下の焼けあとに、小さい家を建てかけていた。ほんとに蝸牛の庵というべき小家だったが、自分の家に気楽に父を臥《ね》かしておきたかった。ここの榎は頑健《がんけん》で友だちがあった。小石川伝通院《でんずういん》の榎は孤独で焼け傷《いた》んでいる。父は榎という木を賞美しない。材にもならず木の品も悪く、馬鹿っ木だと云って、徒然草《つれづれぐさ》の榎の僧正の話をしては軽蔑《けいべつ》していたが、塀内《へいうち》に実生《みしょう》の芽が出ると、「あわれだからそのままにしておいてやれ」と云った。孫だかひこだかのそれは、いつか径二寸ほどの若榎になって庭の隅にあった。それは焼けて消えてしまった。家を建てるにつけ、私たち親子のあいだにはあの大榎の話も度々で、それが息をつなげ得るかどうかということに心ひかれていた。

ひっかえして又来るからと云って、先生の車は大きなカーヴを赤い尾燈でえがいて、社のなかを抜けて行ってしまった。私と小林さんと四五人の近処の子供が、車の行ってしまった方の夕ぐれを見ていた。眼のはての夕闇が、ずうんと濃くかかって行った。みんなが見送りつくしていた。おぼろな人影が、さっくさっくと砂を踏んで近づいて来た。子供たちは「行こうよ」と云いながら、まだ立っている大人のまわりにあちこちしている。勤め帰りらしい人が道をよけて通り過ぎた。子供も散って行った。私もくるりとからだを返した。地上はほとんど暮れて、空が鼠色《ねずみいろ》にいくぶん明るかった。ようく見ると、その鼠色のなかに夕やけの薔薇色《ばらいろ》が、まだ薄くたゆたっているようだった。じっと見つめると紅《くれない》も鼠もわかたず、ただ一ト色のほの明るさだけだった。さあっと風が来、ぱらぱらと榎の枝から葉が離れ散った。ほそい枝も一枚一枚の葉も、暮れのこる空にシルエットだった。かさかさと中空《なかぞら》でか地上でか、落葉の音が鳴った。又、さあっと吹いた。

押して、又どうっと吹いた。飛ぶは、飛ぶは、小さい葉っぱが飛ぶは飛ぶは。私は知っている。老榎の古枝についた葉は、こずんで小さく、早い年には盛夏七月、盂蘭盆《うらぼん》のころにはもう青いなりに落葉しはじめる。新枝に出た葉だけが秋まで保《も》つものであるらしい。伝通院の榎をおもっていた。

「文子さん。」どきっとした。小林さんがすぐそこに立っていた。「先生はもう……。」絶句している。「お別れだと思ってください。」「――そう。どうしてもだめ？　手段が何か残っていない？」「ない。」腹がたってでもいるような調子でしっかりと、私は云い聞かされた。「無論あるだけのことは今夜これからもして行くんだし、先生もああして覚めているときはあんなにはっきり確かなんだから。まあ気を落さないでください。」

終りの方は弱々しかった。何年もまえ私はふっと、父の死の宣言は誰が私に云うだろうと、多少滑稽《こっけい》な気もちで考えたことがあった。多分お医者さまだろうが、いちばんいやなのは私だけにあいまいにされている場合だった。見舞の人からさも哀しげに、御危篤《きとく》だと伺いましてなどと云われるのや、うちのなかの手伝人のひそひそ話にひょっと聞いたりするのでは、やりきれないことだった。二十年を親の側《がわ》からも子の側からも見聞きして来たこの人だ、さぞ云いにくいことだったろう。面と対《むか》ってよく云ってくれた。さらさら、さあっと風がうしろから吹きわけて通って行き、私は前髪を掻《か》きあげた。もうどこにも燈《ひ》が入っていた。「何か先生に訊いておくことでもあったら、今夜……。」「なんにもないんです、もういいと思ってるの。」

ごたついている次の間へ、私はさがって一人きり睡《ねむ》った。弟の泣き声を聴いたように思って頭をあげた。部屋の電燈は消えていた。もう夜なかだろうか。「痛い痛い、痛いよ痛いよ。」小林さんと松下さんが子供をなだめるような、はらはらした調子で何か云っていた。父の声だったのだ。リンゲルをやっているなとわかったが、起きて行けなかった。はじめて悲しくて涙がこぼれた。随分まえのことだった。弟はまだ学校へも行かない小ささだった。手も足も霜焼だらけで、毎晩一ト睡りするときまって泣いた。「痛いよ痛いよ。」すすり泣く声は私に浸みこんでいた。父は痛い痛いと云っている。耳へ指をつっこんでもまだ聞えた。しばらくすると、父は元気な声で話したり笑ったりしていた。やや上ずった調子だった。さっき小林さんが、訊くことがあるなら今夜と云ったのは、この時のことなのだとおもえた。

二十九日。父は終日、ただ迫った息をして半眼でいた。親類知りびとが来たが家が狭いし、夜は看病人だけを残して誰にもひきとってもらった。交替で私と小林さんが番に当っていた。長く長く私一人で守って来た父の病室は、いま公開であった。父のいやがった人はここには一人もいなかったが、誰でも出はいりしている父の部屋は私には寂しかった。一ト張しかない白い蚊帳が部屋一杯に吊られ、父のちょうど胸のあたりを中にして小林さんと私が向きあっていた。一緒の蚊帳のなかに非番の土橋さんもほかの人もごろ寝していた。疲れている人たちだから皆寝入っていた。戸は明けっ放しで、外にはいくらか風があるらしく、ときどき蚊帳がそよいだが、ちっとも涼しくはなかった。私は鼻の頭の汗を浴衣《ゆかた》の袖《そで》で拭《ふ》き拭きした。突然父のからだが妙にひくひくした。見る見る顔・肩・胸・手、からだ中が痙攣《けいれん》してぴくぴくがたがたひどく揺れだし、そこいら中がめいめいに歪《ゆが》んだ。こわい眼つきが剝《む》きだしたり隠れたりした。私は恐ろしくて膝《ひざ》で立ってしまい、小林さんは父の肩をしっかり押えて、「先生」と呼んだ。そして片手を放して脈をとった。私はなすことを失っていた。やがて鎮《しず》まった。小林さんは手頸《てくび》の時計を見て、「一時十五分」と、ほっと云った。白髪の長い鬚《ひげ》のさきが、ぴくんぴくんと正しく脈搏《みゃくう》っているのを見ても、私は恐怖から遁れられなかった。アクマガオトウサンノカラダヲトリニキテツレテイキマシタ、――そんな劣悪な童話から感じるような稚《おさな》い恐怖で、私は顫《ふる》えてい、みんなを起そうと云った。「こわかないですよ。あれが痙攣てものなんです。」小林さんは微笑して私をほごそうとしている。「だって私あの顔こわい。」「あなたがこわいくらいな先生の顔なら、なるべく誰にも見せない方がいいんじゃないですか。」私はぐっとつまった。十五分して又発作があった。顔は右が余計ひきつれて歪んだ。それはおばあさん、父の母の晩年の顔そっくりだった。もうこわくも何ともなかった。また十五分して発作があった。

三十日朝、柳田泉さんが来た。ついで武見さんが来た。先生が見ていてくれるところで安心して父の口中を掃除したかった。しろうとのそんなことが一気に死の直原因になってはと恐れて、し得なくていたのだった。「おとうさん、先生が見ていらしてくださるうちに文子がお口を洗ってあげましょう。それでないと心配ですからね。さ、綺麗《きれい》なお水をあがってください。」割箸《わりばし》のさきに脱脂綿をつけ氷の水を含ませた。ごくりと喉《のど》仏《ぼとけ》が動いて通って行った。診察を済ませ、先生は小林さんやほかの人と立ち話をしてい、私も送りに出ていた。「色が変った！」柳田さんの声だった。たちまち死色が顔から紅を奪って行った。武見さんが聴音器をあてたまま、ややしばらく、「そう、心臓がとまりました」と云った。

父は死んで、終った。

葬送の記

白

七月三十一日午前八時。読経《どきよう》、拝礼に続いて出棺前の行事が行われようとしている。見納め、この世にあった姿・顔かたちに最後の別れがなされようとしている。私には気がかりがある。

部屋一杯の祭壇の上から柩《ひつぎ》を取りおろす操作は、力のある若い人達にしても楽なことではなかった。私は邪魔になることを遠慮してあちこちと身をかわしながら、動かされる柩についてまわり、それとなく空気を深く吸って計った。案じていたあじさいの花の匂《にお》いはまったく無いようであったが、なきがらを見ねば心を緩めるわけには行かなかった。幾日も沈《じん》の水ばかりを飲んでいたという丁謂《ていい》の死にかたが思われ、亡《な》くなる前にはものをたべなかったという事実が私を力づけていたが、それにしてもひどい暑さであった。ドライアイスなどというものの得られぬ当今では、早い変化があらわれていたにしても亦《また》已《や》むを得ないことではあろうが、人にそれを見せるのはたまらなくいやであった。もしそういう時には率直に云ってしまおう、そして見納めは断念していただこう。とはいうものの、ここにこうして集った人々のおのおのの馴染《なじみ》やつながりを思えば、その心持を無にすることはまことに本意《ほい》無《な》いかぎりであった。しかし私は自分の思うところを押しきろうとしていた。

今ここにある父はもはや骸《むくろ》であり、ものであり、私のもの、大事な、かえ難いものである。かりにこれを玉としようか、その玉に瑕《きず》のある場合はどうだろう。よきものならよいだけ、大切なら大切なほど、そのかすかな瑕は見る人を傷《いた》ましめ、印象を強くする。無《む》瑕《きず》のときには珍重というだけのことが、ごく僅《わず》かでも瑕というアクセントがついては或《ある》感動を生じて、われからも語りたく人も聴きたい念をおこすのはあたりまえである。今ここにいる人々に多少の変相を示して来たなきがらを見せたとて、それは世間にありがちのこと、別に驚く人も無いことは明白であろうけれども、数分後には愛慕哀悼の余りにかたみに語りあわれることは知れきっている。やがて伝えられ、ただの語りぐさでしかない。父に関心はもつが決して好意はもたぬ人も居り、いわゆるニュース屋というたちの人もいる。そういう人達に対しては愛憐《あいれん》を装ってする侮蔑《ぶべつ》になり、立小便の間の談笑とならないであろうか。何事によらずこういうコースは、この家に育った私は事実を以《もっ》ていたくも知らされて来ている。殊《こと》に死ということが境《さかい》しては、一層手厳しい気配が思われる。いたしかた無い。防ぎきれるものでもなく、こだわることでもないけれども、このことかぎり許しておけない気がしている。そういう口の端《は》から護《まも》りたく思っているのである。

　この骸は私には父である、私はその娘である。女の子の情が、執著《しゆうちゃく》が私を強引にしている。あの手もこの足も朝晩世話をし馴《な》れて来ている。髪も梳《す》いた、胸も拭《ふ》いた、生き身ということをどんなに大切に大事に思ったか知れない。殊に昨年雇い人を去らしめてからは、休まる間の無い神経を以て父に対《むか》っていた。父はえらい人だったが、やはり並《なみ》のおじいさんのところもあった。子は愚《おろ》かであったが、やはり人間の情をもっていた。互に節度の衣を脱げばわがままの寄りあい世帯である。一ト口にみとり介抱というが、私達親子の中では臥《ね》ていた父がみとられたのでもなければ、起きている私が介抱したのでもない、互のことだったのである。平和な時は勿論《もちろん》、あらがっている時はなおさらに、私は生きている父のからだに気を遣って、しわぶき一ツにも消耗したし、父は父でそういう私をいたわり、なげき、ときどき突っ放した。こうした心のゆきかいの中になされる朝晩は、お茶一杯、煙草一服も生やさしいものでなく、しかもこれらの無数の集積がみとり介抱であった。この半歳余、目立って私は痩《や》せながらに、同じくだんだんと衰えて行く父を大切に大切に思って来た。大袈裟《おおげさ》に云うのでない、ほんとである。土橋さん・小林さんはよく知っている。これは老父をもつ娘なら例外なく経験するところのものを、私達はただ少しばかり激しく厳しくしただけである。かつての日々には父のからだは父のものであったが、死はそれをなきがらにして私に与えた。骸は少数の例を除いては壊滅の種々相を徐々に示して潰《つい》えるにきまっているから、私一人なら如何《いか》にむごい姿を見ても受けとめて、なお名残が惜しみたい。かかわり深いことはまた情の深いことなのでもある。いささかの瑕でもあるなら玉は包んでおくに如《し》くはない。父は死んで私を捐《す》てたが、悲しくも私は生き残っている。なきがらとはいえ、まもりたい一念である。見もしなかった癖に、臭かったの、色が変っていたのとやたらな口の端にかけられてはたまらない。この世のからだの終りに糞土《ふんど》にも似たことばを塗られるのは許せないことであった。

柩はおろされ、蓋《ふた》は組んだ手の下までずらされた。悪臭は無かった。まわりの人の輪はちぢまった。ガーゼの端を摘《つま》んでどきどきし、頃合を考えた。うかがうと人々の息がわかった。呑《の》む息を捉《とら》えて、幾分かかげたガーゼの下へ目はくぐり入った。大丈夫であった。静かにきれいをのけ、人々の輪はぐっと寄ってちぢまった。面《おもて》のどこにも破壊はまだ色を見せていず、臨終の時のままの安泰があった。凝視し、人々にも見るに任せ、ほっとした。女達からかすかに音《ね》が洩《も》れた。ふと思い出し、すぐ唐突に、「御《ご》挨拶《あいさつ》を申上げます」と云ってしまい、身動きもならぬ狭い場処に手をついた。容態が悪化してからの或時、父はふざけた時にする調子で笑いながら云った。「どうもわたしもよく長く生きたもんだ。みんなにも世話になった。おとっつぁんが御厄介《ごやっかい》をかけましたと云ってな、おまえからよく礼を云ってくれ。こればっかりはおまえから云うよりほかしようがあるまいからな。」私は引受けた。父の挨拶のやりかたは幾分わかっている。第一に根本の心持は云うまでもないこと、その二は心持をあらわすに適当な形・次第を整えるべきことである。だから無論、これにはおのずからその折というものがあるべきことに思い、その折は思いあたらずに過ぎ、目さきに次々に起る雑用に紛れて忘れるともなしに忘れていたのであった。人々はさっと鎮《しず》まった。寂たるその四囲の中に、ことばは舌に乗って来ず、私は苦しみながらものを云った。多分意はよく通じなかったろうかと思われる。しかし娘の行届かないことばを補って余りあるものが、父の死顔から例の鮮かな文章となって声無く語られていたことを信じる。

　なきがらは白をもって荘厳《しょうごん》されていた。白麻の著物《きもの》、白絹の上がけ、羽二重の枕《まくら》、キヤラコのシーツ。著物とシーツは故延子叔母の兄への心遣いの品である。十九年春、叔母は疎開騒ぎで荷物のごった返す中に立って、気を悪くしないでおくれと断り、実はこれは前々から兄さんの御料《ごりょう》にもと思ってと奉書包を取り出し、包からは香気があたりに散った。「間に合わない事情の時はただくるくると」と空襲の惨禍を云い、おまえのいるかぎり兄さんのことは安心していると云う叔母は、一生家庭というものを持たず、子を持たなかった。私は感激して帰宅し、自分もひそかに数年来用意して来た白木綿一反、白麻一反の上に更に香気ある奉書包を重ね納めた。父はこの叔母を延ちゃんと呼び、兄弟中一番愛し気を遣っていた。やがて叔母は東京を離れ去った。このとき父は全身に浮《ふ》腫《しゅ》をもち、武見先生は空襲の中を毎日ゆるめず通ってくださる状態にいた。旬日を出《い》ず父も離京にきめた。疎開の噂《うわさ》は伝わり、近処の眼科博士萱沼《かやぬま》さん夫妻が来訪され、出立を祝った心尽しのお赤飯に添えて、馴染《なじみ》無いいなかでは不自由もあろうからと、当時入手困難なガーゼをくださった。病状を考えれば、何気ないそのことばの奥に科学者の妻の優しく、しかも率直実際に触れた思いやりが掬《く》める。あだには遣うまいと思い、白い包《つつみ》はなおも嵩高《かさだか》になったが、以来父の行く処へ私はこの包を放さなかった。ガーゼは瘦せた肩や腰を包んで厚く敷かれた。枕の羽二重にも思いがある。父は羽二重のひやりとした触感を好んでいた。喜寿の賀に私はその一ト襲《かさね》を新調して献《たてまつ》りたく用意したが、すばやくそれを見抜かれ、「おまえはわたしに福を贈った。わたしは又その福を玉子にやりたい」と云って、布は玉子へまわり、玉子はむざと染めることを惜しんで保存した。その布にいま喜んで鋏《はさみ》を入れ、それはちょうど片袖《かたそで》分だった。著物は父のも一人の妹にあたる安藤の叔母はじめ、縁があって来合せた女人達が一ト針ずつ縫った。

数々の白の取合せはむつかしいと聞く。年代も生地も異《ちが》う、それぞれの白は、しかし父のなきがらを包んで陰影と調和を醸《かも》し出してい、荘厳は尽され私は満足していた。もと菅野《すがの》もこの辺は奥で、道はいずれも狭く、うねうねとして自動車を拒んでいる。もともとお百姓が籠《かご》を背にし、鍬《くわ》をかたげて跣《はだし》で通る細道小みちである。けさも空はすかりと晴れて、日なかの暑さを約束する涼風が通っている。柩は一丁ほどの白幡さまの境内に待つ霊柩車《れいきゆうしや》までを、人々が代り合って手舁《てかき》にした。「先生は体格がよかったから重い。」「重い方がいいじゃないか。」「そうだ」というやりとりが聞かれた。この人達は論無く文句無しにただ父が好きな人達なのだ。誰の顔にも労働の汗が滲《にじ》み、きまじめな涙が浮いていた。七歳の春母を亡《うしな》い、その葬送の日、藁草履《わらぞうり》を履かせられ玄関を出る時に、父は云ったではないか。「しゃんとして歩けよ」と。今ここに父を送る野道は細く、人には愛がある。私は湧《わ》きかえる感情を畳んで頸《くび》を立てて歩き、喪服はさやさやと鳴った。つゆ草が一トむら。名にちなむ花よ。

やきば

火葬場は近かった。がらんとして他に一ト組があるきり、休日というのを市川市の特別の計らいであるという。重油と薪《まき》の古いやりかたと聞く。しばらく待たされ、その間を小林さんは一人こつりこつりと歩いている。私の異常に強く緊張した神経は、最後のとことんまで見届けたい勇気を煽《あお》っていて、小林さんの靴《くつ》の音を立ちどまらせた。「そいつはね」と云ったきり。私も黙っていた。と、大きな靴音は事務所の奥へ消えて行った。

先の一ト組が四角い包を護って出て来ると、やがて知らせがあった。竈《かま》は明けられ、係の男達は馴れを見せて扱い、残火のちろちろする中へ柩は送り込まれ、あっというすばやさで扉《とびら》は締められた。同時に、ぴちぴちと木のはぜる音、燃えあがるらしい音、扉の合せ目をくぐって噴き出す黒煙。しかと耐えた。額が暑かった。身をずらせると、すぐそこに人々が私を囲んでいたことがわかった。小林さんには怒りのような表情が浮んでい、松下さんの拳《こぶし》は唐手遣いのように握られ、土橋さんは青ざめ、その眼は岸離れするほど見開かれ、玉子の腕には粟粒《あわつぶ》が立っていた。みんなに分担してもらっているのだと感じた。

かたの通り読経焼香し、みんな休憩所へ行った。小林さんが寄って来、「さっきのことは通じておいたけれど、もうこれでよくはありませんか」と、私が眼をそらすことを許さず云った。すぐに変則な勇気を恥じてうなずき、「あなたもあちらでお休みなさい」と云われたのにしたがって、風通しのよい窓際《まどぎわ》に倚《よ》った。

思いがけなく遅塚《ちづか》さんが、ここまで追って弔問してくださった。私はこの方に一度しかお会いしたことは無いけれど、父同士は幼立ちの親しい友達であった。父は御訃報《ごふほう》を受けて、「そうか。おれの方が残ることになったか」と肩を落した。その御葬儀の日には朝から読経し、一日筆を執らず書を繙《ひもと》かなかったという。父の悼《いた》み傷んだ様《さま》に私は薙《な》ぎ倒され、代参はつらかった。御遺族のどなたにお目にかかっても、その方それぞれに立場の違う哀しみが一々私を打った。帰り路《みち》は思い屈して、うちのすぐ近処まで来てから電車を間違えたりし、遅くなり疲れた。父は待っていたが、顔を見るなり家人に葡萄《ぶどう》酒《しゅ》を持って来させてくれた。感じたままを皆話した。「いい葬式でよかった」とぽつりと云い、ふと、「遅塚にはいい息子があってめでたかったな」と、云ってしまって私に気がついたらしく玉子を呼び、「おっかさんにもう一杯ついでやんなさい」と命じた。妻と子といずれに哀しみが深かろうと訊《き》いたら、「それはおまえ、縁の丈《たけ》だろうじゃないか」と答え、「おまえはきつい奴だが、きょう代参に出したのはちとかわいそうだったかな」といたわってくれた。あれを思いこれに感じ、手足は二杯の葡萄酒にようよう温かであるが、思いは更に沈々たるものであった。その後、父は遅塚さんの話をするたびに、まず結構な往生だと云っていた。今ここにめでたき息子そのかたが立っていなさる。長年し馴れた取次の口調を思った。——おとうさん、遅塚さんがいらっしゃいました。

もとの窓際の座にかえって、目をやる其処《そこ》には小林さんがさっきの通り一人で歩きまわっている。建物のはずれからはずれへと行ってたたずむ。見渡すかぎりの青田から吹寄せる風は、白い服をふくらませたり、時にその額髪にさからったりしている。私は高い煙突から夏空に吐き続けられる、すさまじい熱気を思って貧血に襲われた。

ふたたび係の合図があった。出された箸《はし》は新しい椹《むくげ》ではなかった。腸《はらわた》見ゆる箸の洗《せん》濯《たく》、と父はどこにか書いている。一度遣った杉箸は二度と盆に載せるものではないと固く教えられはしたものの、堀津の物には私の女気が残って遣い棄てにはできず、ひそかに木賊《とくさ》をかけたほどにも気を遣ったものを、どうしてきょうの箸を思いつかなかったのか。そこここの藪《やぶ》や垣《かき》にはもう花をもちはじめた槿があったのを、甲斐《かい》無く思いうかべ、そのみずみずした枝に見立てて遣い古した竹箸を取り、胸骨らしいものを玉子と一緒におずおずと壺《つぼ》に置き、お詫《わび》を念じた。小林さん・土橋さん達は箸を棄てて、一砕片をも残すまじとじかにしている。救われる思いであった。われにもなくくずおれうずくまり、いとこ達に気づかわれ、返辞もならぬやるせなさであった。

膝《ひざ》に載せた父は柔かい温かさであった。顔を寄せて見ると、白麻の風呂敷の結び目さえもほの温かった。車を下りては烈日が黒い著物の肩に噛《か》みついて来、寝不足と疲労に弛《し》緩《かん》しきった皮膚は、処嫌《ところきら》わず汗を噴き出し、風にぞっと冷たかった。「文子さん」と小林さんの足音が追って来、「気がつかないことをした。あなたは疲れている、僕がかわりましょう」と云っている。素直に父を渡した。目まいがし、玉子が、「かあさま」と腕を取った。道のべの千草八千草は皆しおたれ細って迎え、けさ見たつゆ草にはもう色は無かった。意地にも保《も》たぬ涙が散った。

喪主

葬儀については遺言などは無かったが、ずっと前に私は父自身から聴いていたから、それは遅疑するところ無く決定していたのである。その易《ととの》わんより寧《むし》ろ戚《いた》め、なのである。

呉先生がお亡《な》くなりになって、もう何年になるだろう。この時も私が名代《みょうだい》をした。青山斎場の通《とおり》は喪服の行列であり、受附には御門生と思える沢山の青年達が控えてい、私は名刺を出して代参の詫を述べた。霊前には余栄を語る畏《かしこ》きあたり、各宮家からの真榊《まさかき》が並びつらなり、香煙は籠《こ》め、うしろに控え待つ人のために焼香はみな早間になされるその中に、私の前なる老人はあきらかに聞取れる声で、「倅《せがれ》がお世話になりまして」と云って、二度の礼拝をしていた。遺族親戚《しんせき》の方々は名も御存じない筈《はず》の私へも、作法正しい深い礼を返され、すべては丁重のうちに華々しくさえ見受けられ、立派であった。

父はその報告を聴いていたが、にこにこと機嫌《きげん》よく、おまえは私の葬式がどういうようになると思っているかと訊いた。機会である。子の方からやたらには切り出せない事《こと》柄《がら》である。狡猾《こうかつ》さを気にしながら問を以《もっ》て答とした。「どんな風にするのかしら。」「おまえがきょう見て来たものとは凡《およ》そ違うものなのさ。溢《あふ》れるほどに人が来るなんて思っていれば見当違いだ」と云って笑い、「明《みん》の太祖《たいそ》の昔話にあるじゃないか。棺桶《かんおけ》も買えない貧乏な兄弟がおやじさんを明き樽《だる》に入れて、さし荷いでとぼとぼと行く途中の石ころ道に、吊《つ》った縄《なわ》は断《き》れる、仏様はころがり出す、しかたがないから一人が縄を取りに帰ったなんていうのは、いくらなんでもあんまり厄介過ぎるから、まあ住んでる処の近処並に極《ご》くあっさりとやっといてくれりゃそれでいいよ。おまえには気の毒だがうちは貧乏だ、わたしの弔いのためにおまえが大骨折って金を集めたり、気を遣ったりして尽してくれることはいらない。傷むなと云ったっておまえは子だから傷むにきまっている、それで沢山なんだよ。」なごやかな心で柔かく話す時の父の調子は、まったくいいものであった。よその父親は如何《いか》に娘に話すか知らないが、こういう時の父は天下一品のおやじだと思っている。どこのおとうさんととりかえるのもいやだと思う。だから叱《しか》られて泣く時にはたまらないが、思い出して我慢するのである。

私は勇気を出して、訊くだけのことは訊いておこうとした。「お葬式は死んだ人の格でするの、それとも残った人の柄でするの。」「そりゃ一体婚礼でも葬式でも人の集まることには、自然のなりゆきというものを考えに入れなくてはならないから、きめておくというわけにも行くまい。そんなことは、なあに気にすることは無いよ、ぶつかった時をよく見ればすぐわかるさ。」これは少し心細いことだったが押した。「それじゃその場にしたがって文子のできるだけでいいの。」「そうさ、なんでもおまえがあくせくしないでやれるところが、ちょうどいいところだ。」二度は聴くまいこれらのことは、刻んで覚えた。話は明るく続き、「天見れば雁三羽、喝《かつ》と云ってそれだけでおしまいの葬式なぞは、おまえの気に入らないかい」などと笑い、役者某の豪勢な葬式や焼香のふり、おさめ鳥の話、「西鶴《さいかく》の、喪の著物の下に色をつくろう後家の話は、ありゃ確かなところを云ってる」と面白がり、葬の字義から風葬に移り、「おまえなんぞまさかと云うだろうけれど、今だって辺鄙《へんぴ》ないなかへ行って御覧、薪《まき》は倅が担《かつ》いで行って一ト晩かかって親を焼く処もあるだろうよ」と話し、いつどこで聞いたのか、「当節は焼き場へも女が唇を赤くして来るというが」と紅を塗るしかたを見せ、「おっかないようなものだ」と云った。盤台面《ばんだいづら》だといわれる父が紅を塗る真似《まね》はおかしく、私は吹き出して話は終ったが、あとに残る女世帯を庇《かば》う親心は厚く、ありがたいと思った。

私が、父の葬儀は自分一人でしなくてはなるまいと思い込んだのは二十三の秋、たった一人の弟をなくしての通夜の晩に、花環《はなわ》のある部屋で杯を放さぬ父の姿を見て、しみじみ寂しかった、その時にはじまる。父もまだ元気で、頸から肩へよい肉づきを見せていい、私も若くむちゃくちゃで、ただおとうさんの時は文子がするとだけで、ほかには何も思わなかった。そのうち、だんだん喪主は働けないものということがわかりはじめたが、結婚十年、主人に父の葬儀一切を頼む心は起さなかった。小林さんは父の処へ来はじめて今はもう二十何年になる。その長い間に父には絶えず機嫌のよしあしがあったが、この人の訪問にはふけさめということが無く続いた。たまに病気などの時には、「電話をして様子を訊きなさい」と云いつけられるのがきまりであった。縁というものか、一緒に酒を飲む、旅行をする、家庭の愚痴も聞かせる、老いてはなおさらのこと、夏冬の転地からお医者様のことまで手を借ることが多かった。親類の中にもこれほど長く繁くした行きかいは無い。或時、どんなきっかけだったか忘れたが、父の葬式について語り助力を願った。「ぼくでよければ働くことは何なりと」という答を得、私は態勢を整え得たと安心した。今その約束は果されているのである。

私はものを読まない。世間に交わらない。台処にいるのが安気である。いわば目しいも同然である。目しいているから、かつて父の云ったその時を見るの明《めい》はもたなかったが、長いあいだの空気というものを知っていて、それを押し通そうとしていた。父は絶壁の古木だと人が云ったが、まったくその通り、宿り木にだって蘖《ひこばえ》にだって、親木に吹く風はお裾分《すそわ》け、ひやりとした静かさは骨身に浸《し》みて馴《な》れている。人の寄らない葬式は毎日のありようの続き、まして破れ畳に欠け茶碗《ちゃわん》などは、私にとっては年効にかけたなし崩しの仕払い済み、さびしいも貧乏もさらりと気にならなかった。委員長はわが意を得たという顔つきでうなずいて立ち、多少意見の違う人達を説得し、準備はなされはじめた。早耳な国葬云々《うんぬん》の話がちらと聞えた。いあわせた下村さんに訊いた。「勝手にしていいの？」「え？」「お受けするようにきまっていることなの？」野太い声が笑って、

「あなたの好きなようでいいんですよ。」父はそんなことを話さなかった。文子がお弔いをすることと思っていた。私もそう思っていた。松の多い、苺《いちご》のできるこの土地、雨風を凌《しの》いだこの家には一年有余の馴染がある。国葬は栄誉なことであるが、私がするなら、借りた伽藍《がらん》より、ここから父を送ることはあたりまえであった。

霞《かすみ》かな

はげしい暑さであった。しかし誰も暑さを云うより、雨でなくてよかったと云いあった。坊さんがすわれば、あとは畳にすわれず、私と玉子と叔母達が廊下にい、委員長はじめ会葬者は皆外にいなくてはならぬ予定であったから、降ってはどうにもならない葬式であった。読経がはじまり、諸天諸菩薩《ぼさつ》の勧請《かんじょう》が読まれている。行儀にすわった身は落著いて、気はかえって騒いだ。

別れは生き死にの、命のはぎあわせ目、父の強さはいのちの最後までも私を放すこと無く引きずってくれ、その力に縋《すが》ってようようにも執著を脱し得て、別れそのものはすがすがしく迎えられたにもかかわらず、つづいて起る段々深《だんだんぶか》の思慕の情に力綱はもう無かった。しかも代変りの有形無形の行進は、うち中のあらゆる隅々《すみずみ》にまでいつの間にか、その驚くべき精巧な組立てをせりあがらせて来てい、なげきはすべて父恋しさの一ト筋にかかっていた。平生した離苦の覚悟などは、当ってくだける薄氷ほどの張りもないものであった。情は別れて後になお苦行し錬磨《れんま》されなくては、と教え励ましてくれた父よ、おもいは群がり立ち派生し、且《か》つ消え且つ現われした。

親は子よりさきに死ぬ。が、どこの息子も泰然として喪主の座にいる。私ばかりが乱れるのか、立上り騒ぎ出したい思いに駆られた。玉子が肱《ひじ》をこすりつけて身じろぎし、蟬《せみ》の声が聞えた。フラッシュが光った。祭壇の写真の微笑は、うちに深い寂しさを湛《たた》えているようにも、やさしく憐《あわ》れみに溢れているようにも、皮肉にも虚心にも見えた。方《ほう》便品《べんぼん》に進んでいる。悲しむならどれほどまでに悲しめるものだろう、懐《なつ》かしいとは何だろう。遠慮はいらない、底を突いてやって見ればさっぱりする。もし思いきわまって狂うほどにもなれれば、あっぱれ一心、それもいい。きわまりつくして開ける、それもいい。つくし、徹して見たい子の情であった。耳は聞けども聴かぬ経に藉《か》し、目はひたすらに壇上の父を仰ぎながめて逸《そ》れなかった。

香炉がまわって来た。映画班のリフレックスが、父の写真のまわりをめぐりはじめた。父は動きうかんで、あたかものぼって行くようであった。雲の上とはあんな明るさかと思った。一日雲に乗って去る、行く処を知らず。「喜撰《きせん》法師っておかしいのね、おじいちゃま。」ついこの間した、玉子と祖父との会話であった。「そうさ、おじいさんも仙人《せんにん》になれれば雲に乗ってどっかへ行く。」「そんなの少し変だわ。」「変じゃないさ、いいじゃ

ないか。」いずこへ行きたもう父上よ、

老子霞み牛霞み流沙《りゅうさ》かすみけり

逝《ゆ》きたもうか父上よ、

獅《し》子《し》の児の親を仰げば霞かな

親は遂に捐《す》てず、子もまた捐てられなかったが、死は相捐てた。躍りあがれぬ文子が一人ここにいる。しかし、四十四年の想い出は美醜愛憎、ともに燦《さん》として恩愛である。これから生きる何年のわが朝夕、寂しくとも父上よ、海山《うみやま》ともしくない。

あとがき

父の終りの記録というものは留《とど》めておかなくてはなるまいと、いつのころからか思いこんでいた。記録と云ってもそれは看護婦がすべき、病床日誌とか体温表とかいう類《たぐい》のことをおもっていたのである。普通看護婦の作るのは、ごく簡単なものである。咳《せき》多しとか安眠せずとか、多くは一行のことばである。医師への一ツの報告書とうけとれる性質のものであるから、必要な事項のみでさしつかえはないのであるが、病人の周囲からすればいささかもの足りないおもいがするのは、誰でもの経験ではあるまいか。それで私は、どんなふうに咳に苦しんだか、いかに睡《ねむ》りづらがったかを、同じく簡単な一行でその横に書き足しておいたらどうかと考えていた。一人の肉体が死んで行く過程のいちばん表っ側《かわ》の事実を、しろうとの眼から見てちょいちょい書きとめておこうとしたのである。無論それは私自身また私の娘のためにではない、将来露伴を研究する誰かがあれば何かの役にたつかもしれないというばかりである。私や娘はめいめいの眼で見ていれば、もうそれでいいと思っていた。

その後父が、死んで行くということを非常によく知りたがっているのを見聞きするにつけ、自然私も誘われたかたちで、しかしまったく別な子としての情から、父はいかに終るか、しっかり見とどけたく思うようになり、どうか安らかに徐々に死んでもらいたいと願った。一瞬乱離《らり》こっぱいの爆死や、交通事故のむごい苦しみ死に、脳溢血《のういっけつ》の混沌《こんとん》たる死などはどうぞして遁《のが》れて、あたりまえに終ってもらいたく、そのときは私も私なりの力をつかい果すまで、じっと見ていたいときめていた。ことに父に一年さきだって亡《な》くなった延子叔母の病苦をつぶさに見て、死とはかくも内外ともにたやすからざることであり、他方から云えばこうもやすやすと行われることかとも深く感じ、思うこと多く、以来父の死には私一人が直面しようとした。面と対《むか》えるのは一人に一人だ。が、死には後ろがない、八方睨《にら》みだろうと考えられた。真剣勝負は一人を八方から囲んでも、誰も皆が真剣勝負である。露伴の死を何人が囲もうともそれは縁次第で一向かまわないけれど、私はずんと正面にいようと思った。親子の情や前後の行きがかりは取り去るべくもないものだったが、おのずから義理人情を越えた、ある一しょう懸命が要求されるものらしく察せられた。看病誌に一行を加えようと思ったときからすれば、なんという異った思いになったのか。けれども、あくまで私のするのは一行であるべきものだと思い、また父がいかなる態度に出ても、一心凝った武者顫《むしゃぶる》いだかあるいは歯の根のあわぬ胴顫いだか、とにかく顫えてもまっ正面を対おうと決心していた。

それでしくじった。同じしくじりかたにも甲乙があるが、点のつけようのないしくじりかたをした。ちょうど試験に備えてあれこれやって来た抜作が、その日を待つでもなく待たぬでもなく重苦しく一日一日と費して、さて試験場へ入るや麻痺剤《まひざい》でも飲んだようにぼんやりし、ベルに気がつけば答案はごく易しい一行でさえ書きもらしていたむちゃくちゃさであったのと似ている。死は驚くべき精巧であったとおもえる。そして、もう一ツ加えるなら、父はみごとに順応して終って行った。私はよっぽどぼうっとしていた。一行を加えるどころか、てんから忘れはててグラフ一枚メモ一筆遺《のこ》っていない始末である。看病から何から一切、心身ともに力を致しつくすことばかりしか思っていなかった私が、なんにもできずせず、馬鹿であった。しつくさなかったということは遺ったということなのだろうか。死は、父は、馬鹿みたような私に名残つきぬ別れを記念に置いて行ってくれた。私は感謝している。

「父」という題をもらったって、これは落題の答案である。死に照しだされて眼のくらんだ私という女の、よまい言である。しいて云うなら、死んだ人がたしかにこの女の父親であり、父親の情を以て死んで行ったということでしかない。と、しちくどく云わなくては、それすら伝え得ないだろうと危ぶむのである。一行も書き添えられなかった私が百枚も書いたそれは、自分の記憶と当時玉子が心覚えを走り書しておいたものに頼って、いま歿後《ぼつご》二年半の初冬、日あしの短かさに急《せ》かれて慌《あわただ》しく書いた。記憶ははなはだ確かなものと不確かなものと、確かなごとくで不確かなものとある。たとえば、私は父からフンケイの気老いてますます辣《らつ》なりと聴き馴れていたが、それは私の得ていた学問じゃないから、書く段になればどんな文字なのか、まるで知ってはいない。学問の家にだって文盲は育つ。人に訊けば、「薑桂《きょうけい》の性老いていよいよ辣、でしょう」と云う。しごとの手を休ませてまで調べてもらうのは遠慮がある。父はたしかに、ひねた生姜《しょうが》のようなものと云ったから、それが中《あた》ってい、私のは覚え違いかもしれない。芬馨《ふんけい》ということばはあるそうな。匂《にお》うものは大抵辛く、ぴりっとした味があるから、あるいはそれでいいのかもしれない。「おとうさん、どんな字書くの」と訊けば手軽に済んでしまったのは、もう昔のことだ。「幸田さんは生字引を持ってるからしあわせね」と羨《うらや》まれたのも大昔になった。何も皆つきぬ名残である。

こんなこと

あとみよそわか

あとみよそわか

掃いたり拭《ふ》いたりのしかたを私は父から習った。掃除ばかりではない、女親から教えられる筈《はず》であろうことは大概みんな父から習っている。パーマネントのじゃんじゃら髪にクリップをかけて整頓《せいとん》することは遂《つい》に教えてくれなかったが、おしろいのつけかたも豆腐の切りかたも障子の張りかたも借金の挨拶《あいさつ》も恋の出入《でいり》も、みんな父が世話をやいてくれた。

人は父のことをすばらしい物識《ものし》りだと云うし、また風変りな変人だというが、父に云わせれば、おれが物識りなのではなくてそういう人があまりに物識らずなのだと云い、わたしが変なのではなくて並外れの人が多い世の中なんだ、ということである。ははあとも思い、はてなともおもっていた。いずれにせよ、家事一般を父から習ったということは、そういう父の物識りの物教えたがりからでもなく、変人かたぎの歪《ゆが》んだ特産物でもなかったのである。露伴家の家庭事情が自然そういうなりゆきにあったからであり、父はそのなりゆきにしたがって母親の役どころを兼ね行《おこな》ってくれたのであった。私は八歳の時に生母を失って以後、継母に育ての恩を蒙《こうむ》っている。継母は生母にくらべて学事に優《まさ》り、家事に劣っていたらしい。

この人は教育者の位置にあった人であるが、気の毒にも実際のまま子教育には衝《つ》きあたることが多かった。失望、落胆、怒り、恨み、そして飽き、投げ出すという順序である。教えてやろうとするから私もいやな思いをする、子も文句を云う、世間じゃまま子いじめだと云う、ほっとくのが一番面倒が無くていいという宣言は、父も私も幾度も聴いている。父は兄弟の多い貧困の中に育って、朝晩の掃除はいうまでもないこと、米とぎ・洗濯《せんたく》・火炊《ひた》き、何でもやらされ、いかにして能率を挙げるかを工夫したと云っている。格物致知《かくぶっちち》はその生涯《しょうがい》を通じて云い通したところである、身を以《もっ》てやった厳しさと思いやりをもっている。おまけに父の母である。八人の子のうち二人を死なせ、あとの六人をことごとく人に知られる者に育てあげた人である。ちゃんとイズムがあって、縫針・庖丁《ほうちょう》・掃除・経済お茶の子である、音楽もしっかりしている。こういうおばあさんが遠くからじっと見ていて、孫娘が放縦に野育ちになって行くのを許す筈が無い。そして問題の本人たる私は快活である、強情っ張りは極《ご》く小さいときからの定評、感情は波立ち易《やす》くからだは精力的と来ている。こういう構成ではどうしても父がその役にまわらなくては収まりがつかないのである、その心情は察するに余りあるものである。

はっきりと本格的に掃除の稽古《けいこ》についたのは十四歳、女学校一年の夏休みである。教育は学校の時間割のように組織だってしてくれたというのではない。気の向いた時に教えてくれるのだが、大体十八位までがなかなかやかましく云われた。処《ところ》は向嶋蝸牛庵《むこうじまかぎゅうあん》の客間兼父の居間の八畳が教室である。別棟《べつむね》に書斎が建つまでは書きものをする処にもなってい、子供は勿論《もちろん》、家人も随意な出入は許されていなかった、いわばいかめしい空気をもった部屋であった。つまり家中で一番大事な、いい部屋なのである。玄関でなく茶の間でなく寝室でない、この部屋を稽古場にあてられたことは、稽古のいかなるものであるかを明瞭《めいりょう》にしている。十四といえば本当の利《き》かん気の萌《も》え初める年頃である、これはやられるなと思い、要心し期待し緊張した。道具を持って来なさいと云われて、三本ある箒《ほうき》の一番いいのにはたきを添えて持って出る。見て、いやな顔をして、「これじゃあ掃除はできない。ま、しかたが無いから直すことからやれ」というわけで、日向水《ひなたみず》をこしらえる。夏の日にそれがぬるむまでを、はたきの改造をやらされ、材料も道具もすべて父の部屋の物を使った。おとうさんのおもちゃ箱と称する桐《きり》の三ッひきだしの箱があって、父専用の小道具類がつまってい、何かする時はきっとこれを持ち出すのである。鋏《はさみ》を出して和紙の原稿反故《ほご》を剪《き》る、折る。折りかたは前におばあさんから教えてもらったことがあるから、十分試験に堪えた。団子の串に鑢《やすり》をかけて竹釘《たけくぎ》にする、釣綸《つりいと》のきれはしらしい渋引の糸屑《いとくず》で締めて出来上り。さっきのはたきとは房の長さも軽さも違っている。「どうしてだか使って見ればすぐ会得する」と云われた。箒は洗って歪みを直した。第一日は実際の掃除はしなかった代りに、弘法《こうぼう》筆を択《えら》ばずなんていうことは愚説であって、名工はその器をよくすというのが確かなところだということを聞かされた。その日、その部屋は誰がどう掃除したか、まるで覚えていない。

第二日には、改善した道具を持って出た。何からやる気だと問われて、はたきをかけますと云ったら言下に、「それだから間違っている」と、一撃のもとにはねつけられた。整頓が第一なのであった。「その次には何をする。」考えたが、どうもはたくより外に無い。「何をはたく。」「障子をはたく。」「障子はまだまだ!」私はうろうろする。「わからないか、ごみは上から落ちる、仰向け仰向け。」やっと天井の煤《すす》に気がつく。長い采配《さいはい》の無い時にはしかたが無いから箒で取るが、その時は絶対に天井板にさわるなと云う。煤の箒を縁側ではたいたら叱《しか》られた。「煤の箒で縁側の横腹をなぐる定跡《じょうせき》は無い。そういうしぐさをしている自分の姿を描いて見なさい、みっともない恰好《かっこう》だ。女はどんな時でも見よい方がいいんだ。はたらいている時に未熟な形をするようなやつは、気どって澄ましたって見る人が見りゃ問題にゃならん」と、右手に箒の首を摑《つか》み、左の掌《てのひら》にとんとんと当てて見せて、こうしろと云われた。机の上にはたきをかけるのはおれは嫌《きら》いだ、どこでもはたくはたきは汚いとしりぞけ、漸《ようや》く障子に進む。

ばたばたとはじめると、待ったとやられた。「はたきの房を短くしたのは何の為《ため》だ、軽いのは何の為だ。第一おまえの目はどこを見ている、埃《ほこり》はどこにある、はたきのどこが障子のどこへあたるのだ。それにあの音は何だ。学校には音楽の時間があるだろう、いい声で唱《うた》うばかりが能じゃない、いやな音を無くすことも大事なのだ。あんなにばたばたやって見ろ、意地の悪い姑《しゅうと》さんなら敵討《かたきうち》がはじまったよって駈《か》け出すかも知れない。はたきをかけるのに広告はいらない。物事は何でもいつの間にこのしごとができたかというように際立《きわだ》たないのがいい。」ことばは機嫌《きげん》をとるような優しさと、毬《いが》のような痛さをまぜて、父の口を飛び出して来る。もともと感情の強い子なのである。このくらいあおられれば恐れ・まどいを集めて感情は反抗に燃える。意地悪親爺《おやじ》めと思っている。「ふむ、おこったな、できもしない癖におこるやつを慢心外道《げどう》という。」外道にならない前にあっさり教えてくれろと、不敵な不平が盛りあがる。私ははたきを握りしめて、一しょう懸命に踏んばっている。「いいか、おれがやって見せるから見ていなさい。」房のさきは的確に障子の桟《さん》に触れて、軽快なリズミカルな音を立てた。何十年も前にしたであろう習練は、さすがであった。技法と道理の正しさは、まっ直《すぐ》に心に通じる大道であった。かなわなかった。感情の反撥《はんぱつ》はくすぶっていたが、従順ならざるを得ない。しかし、私の手に移るとはたきは障子の桟に触れずに、紙にさわった。房のさきを使いたいと思うと力が余って、ぴしりぴしりという鋭敏過ぎる破壊的な音を立てる。わが手ながら勘の悪さにむしゃくしゃするところを、父は「お嬢さん痛いよう」とからかい、紙が泣いていると云った。私は障子に食いさがって何度も何度も戦った。もういいと云うのでやめたら、それでよしちゃいけないんだという。何でもおしりが肝腎《かんじん》なんだそうで、出入りのはげしい部屋は建具の親骨が閾《しきい》を擦《こす》る処に、きっと埃ごみを引きずっているから、ちょいと浮かせ加減にしてそこを払っとくもんだということである。襖《ふすま》にははたきを絶対にかけるなと教えられた。その頃うちは女中がいつかず頻繁《ひんぱん》に入れかわっていたが、その女中達の誰でもが必ずといっていい位、毎朝目の敵にして唐紙をぶっぱたく。そのくせ掃除のあとにはきまって、隅《すみ》の二枚の引手にはきのうの通りに埃がたまってるのは実に妙なことだ。唐紙は毎日はたくほどな埃がたまるものでない、と云う。「しかし埃はたまる、たまるからその時は羽根の塵払《ちりはら》いをつかえ、羽根の無いときにはやつれ絹をつかえ、絹の無いときにはしら紙のはたきをつかえ、それも無いときにはむしろ埃のまんまで置いとけ」と云われ、唐紙というものはすごく大事な物なんだなあと驚嘆し、非常に深く記憶にのこっている。

箒も自分でして見せてくれた。持ちよう、使いよう、畳の目・縁《へり》、動作の遅速、息つくひまも無い細かさであった。「箒は筆と心得て、穂先が利くように使い馴《な》らさなくてはいけない。風に吹かれたような癖がついている箒がぶらさがっていれば、そこの細君はあまい」と判定を下した。変な気がした。うちの箒はみんな風に吹かれてい、現にこの箒もきのう洗って形を直したのである。おとうさんうちのことを云ってるのか知らん。

掃き掃除は、とにもかくにも済んだのである。「十四にもなってから何《なんに》も知らないで世話がやけるようじゃ、水の掃除などはとてもとてものことだ。当分拭き掃除はお預けにする。梯子段《はしごだん》は一段一段あがらなくちゃならない、二段も三段も跨《また》ぐことは無理だ」ということであった。休講のベルである。子供心に大した稽古であったことを覚《さと》ってい、砕かれ謙遜《けんそん》になった心は素直に頭を下げさした。箒と平行にすわって、「ありがとうございました」と礼儀を取った。「よーし」と返事が来た。起って歩きかけると、「**あとみよそわか**。」？　とふりかえると、「女はごみっぽいもんだから、もういいと思ってからもう一度よく、呪文《じゅもん》をとなえて見るんだ」と云った。「あとみよそわかあとみよそわか。」晴れ晴れと引きあげて台処へ来ると、葭簾《よしず》を透《とお》して流しもと深く日がさし込んでいる。板の間に腰をかけていると、弟が庭からやって来て簾越《すだれご》しに、「ねえさん」と声をかけ、大上段にふりかぶって、「小豆《あずき》ながみつ」と斬《き》りおろすしぐさをする。川中島の合戦、兜《かぶと》まで斬られたろうとからかうのである。「軍配うちわだア、負けるもんかア」と私は躍り出して追っ駈ける。弟は畠《はたけ》へ陣を退《ひ》いた。

毎日きちんと、日課として掃除に精を出した。机の上のかたづけかたも習った。物を行儀に置くことも、行儀を外して置くこともできるようになった。自然、客のすわる処も茶碗《ちゃわん》の置き場も覚えた。はたきも箒も幾分進歩した。

それから十年、私は結婚して女の児《こ》を恵まれてい、二人の女中がいた。年弱の方をお初さんといって幸田家の近くに住む職人の娘、純粋な町っ子であり、この人のねえさんには始終著物《きもの》を縫ってもらっていたので、以前からの馴染《なじみ》であった。色白の丸ぽちゃの優しい子で、赤ん坊が好きなので自分から望んでお守り奉公に来てくれたのである。私はいとおしんでいた。生後八ヶ月、赤ん坊は突如腸重畳という病気に襲われて、からくも開腹手術によって危い生命をとりとめたが、どの先生から洩《も》れたのか、誰から云い出したのかわからなかったが、この病気の原因としてどこでもよくする、高い高いという児童をあやすやりかたのことが話題になり、お守り役のお初さんは誘導訊問《じんもん》とも知らず、発病の日の朝幾度もその遊びをして、「お嬢ちゃまきゃっきゃっとお喜びになりました」と答えた。私は頑強《がんきよう》にこの子を庇《かば》いきって手放さなかった。主人の母は、「一度躓《つまず》きのあった者はよした方がいい」としきりに疎《うと》んじたが、私はかえって仕立てて見たい欲望をもつようになって、或日《あるひ》から掃除教育をはじめたのである。

私のように勘が悪くても強情でも、心に痛い思いをしながらもどうやら覚えた。まして、この子のように素直な、しかも覚《さと》りの早い町っ子には、紙にしみる水のような移りの早さを期待したが、この子の素直さには物を受けとめる関が無かったし、移りの早さは上滑りをともなっていた。毎日はいはいとよく云うことを聞き、毎日同じ無理解を示した。唖然《あぜん》とし、二十六歳の若い私にはこのいい加減、中途半端が見のがせなかった。

恥かしいが、私のことばも態度もこの子に対《むか》って荒れて行った。惨憺《さんたん》たる結果が来た。ひまを取りに来た兄は、一ト筆新聞へ投書すればと云い、私は思いがけない数々のいやなことばを浴びた。荷物を持って帰るお初さんは、なぜか下駄を履く時になって、「奥さま」と呼んで涙の目を振向け、私も本意無《ほいな》いおもいで別れた。主人の母は、「それ御覧」と云った。

お初さんの家では娘の帰って来たことを、どのように近処に話したか、うかがい知るに難くない。住いが近処なのであるから、じきに継母に伝わり、父に取りつがれ、私は呼び出された。せめて父にだけは知ってもらいたくて、かき口説いていたが、ふと気づいて見ると父は聞いているのかいないのか、非常に澄んだ顔つきで瞑目《めいもく》している。私も黙った。「人の選みかたに粗忽《そこつ》があったな」とこちらを見、「わたしにはおまえがどういうようにやったかはっきりわかる」と云い、何とも云えぬ重い表情が掠《かす》め、それは私にも不安な思いを植えた。小言や教訓らしいことは一ト言も云われなかった、それもなにか落ちつかないことであった。一日二日と、父の重い表情をさぐって思案した。挙げ得ることは多かった、そのどれも多少は触れていると思えるが、そのどれもは私をうなずかせ満足させるわけに行かない。当時はこのいきさつのうち何よりも父の表情が私の上にのしかかっていて暗いおもいがしたが、あれから二十年、大抵なことは長いあいだに思い至るところのあるものだが、いまだに解に達していないけれども、今はこの表情を見たことをたからもののように思っている。理解を許さない顔をもっている父なんていうものは、いいなあ、実にいい親だ。お初さんももう三十幾つかになっているだろう、思い出すたびにさみしくはあるが、ほのぼのと懐《なつ》かしい。それにしても並とか並外れとかは、いつまで私と道づれになっているんだろう。

水

水の掃除を稽古する。「水は恐ろしいものだから、根性のぬるいやつには水は使えない」としょっぱなからおどかされる。私は向嶋育ちで出水《でみず》を知っている。洪水《こうずい》はこわいと思っているけれど、掃除のバケツの水がどうして恐ろしいものなのかわからないから、「へーえ」とは云ったが、内心ちっともこわくなかった。バケツもむずかしくて、しかも不粋《ぶいき》だと云う。粋というのは芸者やお師匠さんのことだと思い、不粋というのは学校の先生やもごもごした人のことだとおもっていたから、バケツが不粋だというのはおかしかった。水と金物が一緒になってかかって来ては、紙も布も木も漆も革も、石でさえもがみんなだめになってしまうのだそうである。掃除は清らかに美しくすることである。こういう破壊性をもっているものを御《ぎょ》して、掃除の実を挙げるのは容易でないと聴かされて見ると、なるほどである。「どこのうちでも女どもが綺麗《きれい》にする気でやっているが、だんだん汚くなって行くじゃないか。住み古していい味の出ている家なんていうものは、そうざらにあるもんじゃない」と云った。「うちの廊下を御覧、どう思う」というから、黒く光っていてなかなかいいと云ったら、「よくはない、下《げ》の上《じょう》か中の下くらいだ。こういう光りかたはよくない」と云う。「おまえになぜ黒いかわかるだろう」と訊《き》くから、木が黒くなる木なんだろうと云ったら、上を向いて笑われ、「そんなやつあるもんか。長年なすくったぼろ雑巾《ぞうきん》の垢《あか》のせいだ。結構な物を知らない困った子だ」とあわれまれた。話が廊下だったから助かった、こういう「結構」であわれまれる時は大抵博物館が出て来る。父は、殊《こと》に若い時に結構な物が見たくてしかたが無かったが、そういうものを持っている人達は傲慢《ごうまん》やらけちん坊やらで、見せ惜むものだったそうである。博物館の物は皆が皆、極結構というわけじゃないけれど、結構なんだし、わずかな観覧料で気がね無く見られるのは大いに役に立つ処だというのだが、私には退屈な場処だった。廊下は「しょうがねえやつだ」と父は苦笑したが、私もいやなこったと閉口している。廊下は博物館に無いらしいから安心である。

雑巾は刺したものより、ならば手拭《てぬぐい》のような一枚ぎれがいい。大きさは八つ折が拡《ひろ》げた掌《てのひら》からはみ出さない位であること。「刺し雑巾は不潔になり易いし、性《しょう》の無いようなぼろっきれに丹念な針目を見せて、糸ばかりが残るなんぞは時間も労力も凡《およ》そ無益だから、よせ。そのひまにもっと役に立つことでも、おもしろいことでもやれ」と云う。バケツには水が八分目汲《く》んであったが、「どうしてどうして、こんなに沢山な水が自由になるのか」と、六分目にへらされた。小さい薄べりを持って来て廊下に敷き、その上にバケツを置く。

「いいか、はじまるぞ、水はきついぞ。」にこにこしているから心配はいらない、こっちもにこにこしている。稽古に馴れたからもある。雑巾をしぼるのである。私は固くしぼれる、まえにおばあさんにも父にも叱られたことがあるから、ちゃんとできるようになっている。褒《ほ》められることを予期している心は、ふわふわと引締らない。雑巾を水に入れて、一ト揉《も》み二タ揉み、忽《たちま》ち、「そーら、そらそら」と誘いをかけられる。何だかちっともわからないけれど、それなり黙ってしまったから進行する。こんな時におどおどしたり、どうしたんですかなんて間抜けな質問をしようものなら、取って押えられるにきまっているから、すましている。しぼり上げて身を起す途端に、びんとした声が、「見えた」と放たれる。太短い人差指の示す処には水玉の模様が、意外の遠さにまではね散っている。「だから水は恐ろしいとあんなに云ってやっているのに、おまえは恐れるということをしなかった。恐れの無いやつはひっぱたかれる。おまえはわたしの云うことを軽々しく聴いた罰を水から知らされたわけだ。ぼんやりしていないでさっさと拭《ふ》きなさい、あとが残るじゃないか。」今の今にこにこしていた顔は、もはや顎骨《あごぼね》が張って四角になっている。私は漸《ようよ》うに集中した心になる。このことを思うと、いつも伏し眼にならざるを得ない。私はものを教わる心はあるけれど、すばやく習う態勢になれない。さっと受取る身構えになれないのである。つまり、習うまでに至る準備時間、誘導の手間がいるのである。親子・他人の別は無い、教えるも習うも機縁である。啐啄《そったく》同時は何度云われたか知れないにもかかわらず、大抵の場合私がぐずぐずしているうちに、父の方は流れて早き秋の雲、気がついたときはすでに空《むな》しく、うしろ影がきらりと光る。また時には足踏みして待っていてくれる。こちらが行きつく時分には父はもう待ちくたびれていらいらしているから、私はきまってやっつけられる。なにか膏垢《あぶらあか》のようなものがぎっしりしてい、痛い思いをしてこそげられてはじめて心根《しんこん》に達する。教えてやろう心は父に溢《あふ》れている。いささかも惜《おし》みない、最も丁寧な父の教育にしてはじめて徹《とお》るのである。最後まで私はこの愚をくりかえして大切な機会を逃し続けた。不肖の因はいくつもあるが、これもその大なる一ツである。

私はおじおじと困《こう》じてしまい、父は例の通りにやって見せてくれた。「水のような拡がる性質のものは、すべて小取《こど》りまわしに扱う。おまけにバケツは底がせばまって口が開《ひら》いているから、指と雑巾は水をくるむ気持で扱いなさい、六分目の水の理由だ。」すくない水はすぐよごれるから度々とりかえる、面倒がる、骨惜みをするということは折《おり》助《すけ》根性、ケチだと云う。露伴家ではケチということばは最大級のものである。ケチなやつと叱《しか》られた時は、もっとも蔑《さげす》まれ最も嫌われ、そしてとどめを刺されて死んじまったことを意味するのである。私も弟もこのことばを聴かされたときは、すでに弁解の道も嘆願の手も封じられたことを観念して、ひたすら畳に密著《みっちゃく》して謹慎之《これ》を久しゅうしなくてはならなかったのである。水を取りかえる労を惜むのがケチなら、よごれた水で拭いて黒光りがしている廊下はさしずめケチの見本である、気に入らないのも無理は無い。よい廊下をよく拭込んだのは、ちょうど花がつおのような色とてりをもっているそうである。私はちっともよそへ出たことが無いから、いまだにそういう結構な廊下に行きあたらない。

父の雑巾がけはすっきりしていた。のちに芝居を見るようになってから、あのときの父の動作の印象は舞台の人のとりなりと似ていたのだと思い、なんだか長年かかって見つけたぞという気がした。白い指はやや短く、ずんぐりしていたが、鮮かな神経が漲《みなぎ》ってい、すこしも畳の縁《へり》に触れること無しに細い戸《と》道《みち》障子道をすうっと走って、柱に届く紙一ト重の手前をぐっと止る。その力は、硬い爪《つめ》の下に薄くれないの血の流れを見せる。規則正しく前後に移行して行く運動にはリズムがあって整然としてい、ひらいて突いた膝《ひざ》ときちんとあわせて起てた踵《かかと》は上半身を自由にし、ふとった胴体の癖に軽快なこなしであった。「わかったか、やって見なさい」と立った父は、すこし荒い息をしていた。後にもさきにも雑巾がけの父を見たのはこの時だけである。

身のこなしに折り目というかきまりというかがあるのは、まことに眼新しくて、ああいう風にやるもんなんだなと覚えた。父は実行派である、何でもすぐやるのが好きである。私はたちまち真似《まね》をして雑巾を掴《つか》んで、すっすっとやったのだが、「なんでそんなにぎくしゃくする、もっと楽にやれ」と云われ、あっけにとられ失望した。自分でやって見せておきながら、なーんだと思うのである。父の教えかたは大別三段になっているようである。やらせて見る、やって見せる、も一度やらせて見る、である。見れば見まねで覚える、三ッ児でさえままごと遊びに掃除のまねはする。が、実際にあたらないものは真でなく、ただ似つこらしさである、そこを叩込《たたきこ》むという調子で一々指摘する糺明《きゅうめい》する。うんざりしたり閉口したりするのはケチである。棄てられるのである。堪えるということは、父親を失わないためには絶対の線であった。腹を立てる、泣く、じぶくる、歯を剝《む》く、これらの悪徳はまだしも許されたが、ぐちゃぐちゃとくずおれることは厳禁であって、容赦無く見放された。私は父に見限られることはいやで、こわかった。母の無い子なのである。

この雑巾がけで私はもう一ツの意外な指摘を受けて、深く感じたことがある。それは無意識の動作である。雑巾を搾《しぼ》る、搾ったその手をいかに扱うか、搾れば次の動作は所定の個処を拭くのが順序であるが、拭きにかかるまでの間の濡《ぬ》れ手をいかに処理するか、私は全然意識なくやっていた。「偉大なる水に対って無意識などという時間があっていいものか、気がつかなかったなどとはあきれかえった料簡《りょうけん》かただ」と痛撃された。云われてみれば、わが所作はまさに傍若無人なものであった。搾る途端に手を振る、水のたれる手のままに雑巾を拡げつつ歩み出す、雫《しずく》は意外な処《ところ》にまで及んで斑点《はんてん》を残すのである。更に驚くべきことには、そうして残された斑点を見ぐるしいとも恥かしいとも、てんで気にさえならず見過していたことである。十七八のころ私は探偵《たんてい》小説が大好きで、手拭を搾ったあとの無意識の動作が話の種にならないだろうかと訊いて、「小きたない趣向だ」と笑われた。気をつけて人のふりを見れば友達も女中も継母《はは》ですらが、心なく濡れ手を振りまわしている。「これが会得できさえすればおまえはすでに何人かの上に抜けたのだ」とおだてられ、すっと脊《せ》が伸びた気になるところは私の娘心のすなおさだったとおかしい。そのかわり、「水の扱えない者は料理も経師《きょうじ》も絵も花も茶もいいことは何もできないのだ」とおどされれば、すぐに厄介《やっかい》だと思ってへこんでしまうのである。「おとっつぁんがうるさいなんと思えば大違いだ、お茶の稽古に行って見ろ、茶巾《ちゃきん》を搾って振りまわしたり、やたらに手みずをひっかけていいという作法は無い。わたしの云うところはあたりまえ過ぎるくらいあたりまえだ」という。

昭和のはじめに三十近いおきちさんという女中さんがいたが、この人は小学校も卒業しないちいさいうちにふた親を亡《な》くして孤児になってしまい、以来転々と糸取り工女生活を続けて苦労をしたという経験をもってい、何事にもめげない快活な女であった。これが拭き掃除をしたあとは、ことさらにぽたぽたと雫がたれていて具合が悪かった。あるとき父は云った、「おまえは朝っぱらから廊下でなんぞふざけていちゃいけないぞ。」「はあ?」「はあじゃないよ、見ろそこいら中にだらし無くぽたぽたたれているのは何だ。おまえも美《い》い女でいいが、こうたらしてちゃきたねえな」と云っている。「まあ、いやなことを云う旦那様だね」と大笑いしていたが、それからは余りぞんざいでなくなった。これは何だかちょっと私の耳に疑問をのこしてとまったが、あとではおきちさんを見て法を説いた父の滑稽《こっけい》を思うのである。父は召使に、私を教えたようには決してしなかった。相当な文句を云いながらも任せてほうっていた。私も一度教えられて後は任せられていたが、それでもなかなかほうりきりにはされず、時々やっと一本つけられる。たとえば、今急ぐからなどという口実のもとに木の目なりも何もかまわず、雑巾ひんまるめてぐるぐるっとやったりすると、「おいおい、葦手《あしで》模様としゃれてちゃいけない」と来る。葦手模様が何だか知らなかったから百科辞典へ頼る。その頃には百科辞典は女中にさえ開放され備えられていたのである。絵が出ているから、ははあと合点し、又やられたと思う。こういう叱りかたを私は好きだったから、弟にも友達にも受売りを適用して、「なーんだ、葦手模様も知らないのか」などと得意がっていたから、生意気を憎まれた。

雑巾がけは一時期はよしと云われるだけになり得たが、玄関のたたきを洗う掃除は遂《つい》に見放された。きょうもまた叱られるのかなあとしぶしぶ水や箒《ほうき》を運んでいると、父が出て来て、「おまえには到底だめだからしなくてもいい」と、あっさりやられてがっかりした思いがある。この頃はまだお客が多くて玄関は毎日よごれる。私は表向きことわられているのだから、父の起きて来ないうちに忍んですることにした。あれほどよく見抜く人が気のつかない筈《はず》は無いのに、一ト言も云ってくれない。知っていて構いつけないのか、或《あるい》はまた全然そのことから無邪気に離れてしまっているのか、窺《うかが》うことをゆるさぬこういう態度は私には一番難物であった。絶えざる注意と即応する構えをもっていなくてはならない、やりきれないものであった。十六歳、私は改めて家事一切をやらされたその頃のある朝、なま乾きの玄関に立った父は、「掃除をしたらしいな」と云い、私ははっとちぢみあがったが心は晴れ晴れとしたのである。二年間と数えれば長い時間ではあるけれど、十五十六はおもしろい盛りである。楽しいことはひまなくぎっしりとつまっている。いつも苦にしていたというではないが、気やすく忘れてしまえるわけでもなかった玄関であった。やかましい小言にくらべれば黙殺には王位の厳しさがある。

この時代から空襲前までに、幾人かの女達が家事の手伝《てつだい》に入りかわりしているが、その人達がたたきに水を流すたびに父は舌打ちをして、「満足に雑巾も搾れない癖に小賢《こざか》しくも水の掃除をしゃあがる、サルには負ける」と。サルも父愛用のことばである。利口そうにまじまじとしたこの動物の滑稽な姿態動作に、私は友人の親しさを感じている。私は文子ザルなのである。

＊

父は水にはいろいろと関心を寄せていた。好きなのである。私は父の好きだったものと問われれば、躊躇《ちゅうちょ》なくその一ツを水と答えるつもりだ。大河の表面を走る水、中層を行く水、底を流れる水、の計数的な話などは凡そ理解から遠いものであったから、ただ妙な勉強をしているなと思うに過ぎなかった。が、時あって感情的な、詩的な水に寄せることばの奔出に会うならば、いかな鈍根も揺り動かされ押し流される。水にからむ小さい話のいくつかは実によかった。これらには、どこか生母の匂《にお》いがただよっていた。生母在世当時の大川端の話だったからである。簡単に筆話にしてシリーズのようにして残してくださいと頼むと、いつも「うん」と承知するが、その時になると、「まあ今日はよしとこう」と来る。翌日も押すと、「おまえは借金取りみたようなやつだ。攻めよせて来るとはけしからん」といって、ごまかされてしまう。借金取りと云われてはいささか気持がよくないから、これらの話は一ツだけしか残っていない。残ったのは「幻談」と私のあきらめばかりである。

「幻談」を遡《さかのぼ》る十何年、私の十八歳、十一月半ばと記憶するその時から、父の水の話に感嘆する心はぐっと深くなっている。私の生命にかかわったかも知れない一事件があった。学校の教科書にはポオの「渦巻《うずまき》」の抜萃《ばっすい》が載っている。辞引を引いたってどうしたって、まるで歯の立つ代物《しろもの》ではなかった。私はあぐねていた。そのとき父はお酒を飲んでいたのだが珍しいことに、「おまえどうしたんだ」と訊いてくれた。渡りに舟と飛び乗る。「うむ、あの話か。ちょいとお見せ」と眼鏡をかける。子供たちは父親の英語発音を尊敬していない。英国流でもなしアメリカ風でもない奇怪な発音であった。訳をしてくれたが、それがひどい逐字訳で、何の意味だかさっぱりわからない。本を見ないで聴いていると漢文のようである。「おまえがわかってもわからなくても、この本にはそう書いてある」というのだから閉口した。「おまえは渦巻を知らないからだめなのさ」と本を置いて眼鏡をはずすと、もうポオにあらざる親爺の渦巻に捲《ま》かれてしまい、訳読なんぞはどうにでもなれ、溜息《ためいき》の出るようなすてきな面白さであった。話を終らせたくなかった私は、質問をして次の話をたぐる。なにしろ酒の気があるところへ興を催しているのである。「渦は阿波《あわ》の鳴門《なると》が引受けてるわけじゃない。おまえの毎日見ている大川にだっていくつ渦があるか。表面にあらわれるところは大したこともない渦が、水底には大きな力をもっているのがある。そういうのに藁《わら》しべを流して御覧、いかなる状態を出来《しゅったい》するか」と話をとぎらせておいて、じっと見つめられると、むかむかするような恐怖をもたされた。最後に、どうしてこういう渦から逃れるかが語られ、泳ぎができなくてもやれるというので、直沈流《ちょくちんりゅう》の私は一しょう懸命に聴いた。これで話が終れば無事であったが、その翌日、私はずぼんと隅田川へおっこったのである。

その日は朝しぐれの曇った日であった。吾妻橋《あずまばし》の一銭蒸気発著所の浮きデッキと蒸気船の船尾との狭い三角形の間へ、学校帰りの包みやら蝙蝠《こうもり》やらを持ったまま乗ろうと、踏み出した足駄《あしだ》を滑らせて、どぶんときまったのである。眼を明けたら磨《す》りガラスのような光のなかを無数の泡《あわ》が、よじれながら昇って行くのが見えた。渦。咄嗟《とっさ》に足を縮めた。ずんと鈍い衝当《つきあた》りを感じるのを待つ必死さに恐れは無く、ぐゎんと蹴《け》って伸びた。ぐぐぐっと浮きあがって、第一に聞えたのは、砂利でもこぼすような音だった。いまだに何の音だか腑《ふ》に落ちないが、父は、「それが水の音さ」と云っていた。ついで遥《はる》か高い橋の上を人が走っているのが見える。「おっこった、おっこった、浮いた浮いた。」恥かしかった、あわてた。水はがばがばと口の中へ流れ込み、負けまいとしてもがき飲んだ。飲みつつ流れた。人も飛び込んでくれ救命具も投げ込まれたが届かず、一定の距《へだた》りを置いて一緒に流れた。橋を越えれば永代《えいたい》へ通う別な蒸気船がとまっている。また渦か。恐れと同時に水は顔を浸した。夢中の鼻さきへきらりと光ったものが走って来、それは水棹《みさお》であった。竹か木か覚えていない。棹の先には研ぎすましたような三角形の金具がついていた。棹を手繰る老船頭は微笑し、若い舟子は艫《とも》の櫓《ろ》にいた。私は蝙蝠はいつか放してしまったが、教科書の包みはしっかりかかえていたので、先《ま》ずそれを放させ、両手を小縁《こべり》にかけさせた。機械体操のように両腕に力を入れても、からだは水の上に浮かず、小さいその舟は他愛《たわい》なくゆらりゆらりとかしいだ。船頭は「ゆっくりゆっくり、やんわりやんわり」と云った。それでも私はあせった。袴《はかま》は襞《ひだ》一杯に拡がり、すごい重さで水にくっついている。渾身《こんしん》の力を込めると、思いがけなくも足は舟底へ吸われ仰向けに倒れ、水はも一度額を濡らしたが、船頭は手を摑んでいた。日にやけたその顔が小縁に低く近々と寄って来た。しんから怖《こわ》く歯が鳴ったのを記憶する。あとはよくわからない。水のなかでぐるぐる廻《まわ》されたようにも思う。はっとした時には、腰骨が砕けるように痛く舟縁をこすってい、上半身は水を逃れていた。袴腰は取られ、同時にはたき倒されて私は舟底にころげて起きられず、橋の上からはわっと歓声が挙った。

毎日通学する私の身許《みもと》は知れていたから、電話がかけられ宿俥《やどぐるま》が迎えに来た。そのあいだの恥かしさ、なにしろ上から下まで何もかもぐっしょりである。素肌の上へ船員の金ボタンの外套《がいとう》を著せられ、裾《すそ》からはみ出した肥《ふと》った足には滑稽なことに、あの騒動の間中不思議にも離れなかった足駄を穿《は》いているのである。火はどんどんと焚《た》かれ、見物は追っ払われたが、顫《ふる》えはとまらなかった。俥の幌《ほろ》に囲まれてほっとし、髪の毛からつるりと襟《えり》にたれる水がはじめて寒かった。

玄関の外に待っていた父に、じっと見つめられ泣きたくなって、「御心配をかけました」と立ったまま云うと、はははと上機嫌《じょうきげん》で笑って、「水を飲んだろう。」「いいえ。」私はうそをついたのである。「馬鹿を云え、そんな筈あるもんか。指を突っ込んで吐いちまえ。」やむを得ない、そこへしゃがんだ。父は脊中から抱いて、みぞ落をこづき上げた。一時間ほど後れて帰って来た弟は、「ねえさん流れたんだってね、すげえ評判だぜ。

オフェリヤだオフェリヤだ」とはやした。父は、「デッキか蒸気の底へへばりついたら今頃は面倒なことだったが、ポオ先生のおかげで助かったのさ」と云っていた。

この事件後は溝に浮いて流れる菜っぱを見ても、ふっといやな気が起るほど水に恐怖をもったが、反対に父の水辺雑話を聴きたいと願う心は、明らかな水脈《みお》を引いて深くなっていた。春の夜潮《よじお》のふくらみ、秋のあらしに近い淵《ふち》の淀《よど》みなどは、ただ一風景に過ぎないが、私は水の気を肌に感じて動かされた。河獺《かわうそ》の美人や岩魚《いわな》の坊主のような、ありふれた話もおもしろかった。まして枯れ葦《あし》を氷の閉じる星月夜の殺しなどは、すさまじかった。父逝《ゆ》いて百五十日、そういう話はみんな、ぽかっと私から抜けてしまった。きっと親爺と一緒に消えたんだろう。わずかに下村さんによって遺ったのは「幻談」であるが、私の忘れた話も幻《げん》にして現《げん》である。

経《きょう》師《じ》

掃く掃除も拭《ふ》く掃除も、いま教えているしかたは最高等な掃除ではなく、普通一般の家庭でするもので、いいお座敷もこのやりかたで済むものと思っていれば恥をかくと聞かされたが、うちにはそのいいお座敷というほどのものが無かったのだからいたしかたも無い。私は高級掃除法を教育されなかった。父の死んでしまった今は、聴いておけばよかったと思うが、当時はそんな慾どころか、それより逃げをうつ心の方が多かった。その心の奥にはなんといっても二人きょうだいの私の方が叱《しか》られているのに、弟の方はのんきに高見の見物という態度なのが不平なのである。

父はちいさい時に米とぎ芋買いまでさせられて閉口したともいうが、又「おっかさんの厳しい躾《しつけ》は実にありがたいものであった」と感激して話す癖に、自分の息子にはそれをさせないのである。私は年を取るにつれてだんだんと父に怖《お》じる気弱になってしまったが、子供のときは「大胆なやつだ」といわれていたくらいである。不平などはなかなか黙っていられないのである。「おばあさんはおとうさんにさせたのに、なぜおとうさんは一郎さんにさせないの？」おまえは女の子だから、などというんだったら一ト問答つかまつる気でいたが、父はすまして云った。「大抵の人は自分にされた躾を子に伝えたい望みと、又全く反対の教育を試みたい望みをもっているものなのさ。それは今に子供を産めばわかる」と云って、はっはっと笑った。この質問が功を奏したというのでもないだろうが、障子張りと庭の掃除は二人一緒にやらされ、きょうだいは事毎にからかい合い、果《はて》は喧嘩《けんか》し合った。

経師は座敷しごとで袴を穿いてやれるしごとだから、障子紙を剝《は》がすのに湯殿へ持ち込んだり井戸端へ持って行くなどはけしからん不行儀千万だ、まして雨《あま》だたきにあわせる、池へぶち込むなどは以ての外、言語道断というわけである。「袴を穿いてるくらいだから足袋もよごすことは無い、襷《たすき》も十文字に取るほどのことはいらない、手拭《てぬぐい》取って片襷で十分だ」と云う。例の通り先ず第一に道具を調べる。裁物板《たちものいた》、裁物庖丁《ほうちょう》、小刀、砥石《といし》、定規、生麩《しょうふ》、糊箱《のりばこ》、糊刷毛《ばけ》、たたき刷毛、篦《へら》、障子紙、屑籠《くずかご》、布巾、が張るためにいる品である。紙を剝がすためには蓙《ござ》一枚、小桶《こおけ》に水、水刷毛、灰汁《あく》、藁《わら》、木槌《きづち》、新しい雑巾二枚、ゆがみの無い四尺程の竹一本がいる。このほかに、障子のゆがみを直して立てつけをぴたりと合わせるために、竹の桟《さん》をいくつも用意しなくてはならない。子供たちはこれだけでもうがっかりしたいのであるが、そうできないようになっている。こういうときに父はすてきに威勢がよくて、ぐんぐん押して来るからで、何かぶつくさ云うひまは無いのである。

廊下の壁つきへ蓙を敷く。障子は二間四枚、襖《ふすま》と同じ紙の腰張がある。はじの障子からはずして、腰張をぬきとり、障子は蓙の上、壁へ倚《よ》せて立てかける。一室八枚の障子は同じ順序で重ねられ、腰張は張りかえないのだから、室の隅《すみ》へ重ねて置く。小桶を左に持ち水刷毛を取って桟にしたがってしめして行く。畳一畳の蓙は三尺を余している、その三尺へ濡らした順序に重ねて行き、更に逆に重ね直すと、最初の一枚が上になり、それにも一度水をくれて、用意の竹へ裾から巻きつけて繰りあげて行けば綺麗《きれい》に剝がれる。みんな剝がすと、また蓙には三尺のあき間ができ、逆に重ね直すと一番最初のが上に出る。ちょいと庭へ出て踏石の上で藁を叩いて柔かくする。桟が特別に手垢《てあか》でよごれる個処は大体きまっているから、そこを注意してこの藁へ灰汁をつけてこする。全体は灰汁雑巾で拭く。ついでに糊かすも落す。しまいに清水の雑巾で拭き浄《きよ》める。腰張を嵌《は》め込んで、もとの戸道に納める。立てつけを見て、ゆがみがあれば竹の栈をかって置く。みごとな素早さであった。

延子幸子両叔母の指は音楽の世界に威を張った指と人が許しているが、父の指もまた力と敏捷《びんしょう》さに於《お》て相当なものであった。私は躍起になったが父はそばに見ていて、「そんなにぐずでは、あとがみんな乾いてしまってまずい」とせきたてる。弟は、「僕よした」と云って逃げ出し、「おけらめ」と叱られ、逃げることもできなくなった私は奮闘し、右手の親指と人差指の腹は赤く幅ったくふくらんだ。それでも乾くのに追っつくことはできなかった。何枚とかを一日に洗って張って仕上げるというのがあたりまえだと云うが、何を標準にして云うのか、父の云うあたりまえが私には今以てわからない。まさか玄人《くろうと》の並《なみ》ではあるまいから、昔はこういうこともこくめいに一日しごとの並が不文律にきめられていたものなのだろうか。「一人前でないやつが指の痛いのは云う方が馬鹿で、痛くなくっちゃ覚えるやつは無いよ」と云うからたまらない。二度目には歯ぎしり噛《か》んでも、痛いとは云わない。ちいさい時にはおとうさんだって痛かったんだろうと思えば、ヤイミロという微笑がわいて我慢しちまうのである。

綺麗になった障子は、すっかり歪みの直るように方々へ竹の栈を打って、一ト晩骨のままで置かれる。糊も煮てすぐ使うものでないから、この日煮させられた。弟は砥石の前へすわらされて、「刃物が研げない男でどうする」なんて搾《しぼ》られていたが、私は研ぎ物は習わない。女のからだには錘《おもし》が無いから研ぎはできないものにきまっているという話なので、馬鹿にしていると云ったら、「おこるなよ、ほんとにそうなんだからしようが無い」と云って教えてくれなかった。変なもので、教えられればうるさいなあと思う癖に、教えてくれなければちょっと癪《しゃく》に障る。弟の方へ向いて下顎《したあご》を突き出して、イーと嘲笑《ちょうしょう》したら、弟も直ちに応じてイーとやったので、二人は聞かなくてもいい小っぴどい小言を食った。「かりそめにも刃物を中にしてふざけるやつは」からはじまり、「文子は姉という気が無くてそれでいいのか」と云われて私は恥じた。この頃は全く姉なんていう気は、きょうだい喧嘩の際には微塵《みじん》も無かったのである。

翌日は朝から叱られた。きのう煮た糊があまり固過ぎていけないと思ったので、小言を云われるのが辛《つら》さに水を入れて掻《か》きまわしたから、ぶつぶつになってしまったのである。「余計な自分料簡を出してサルをやったのは、孔子様のおっしゃった退《しりぞ》いて学ぶに如《し》かずという訓《おし》えを蔑《ないがし》ろにするものだ」というのだから大変だ。父に訊かずにものをして、それがへまだった場合、大抵孔子様は千貫の磐石《ばんじゃく》になって私の上へのっかっていじめる。父に訊かなかったことがいけないよりは、孔子様に無礼を働いたというのでは全く論にも詫《わび》にもならないのである。南葛飾《かつしか》郡は寺島村育ちの娘っ子には、何千年彼方の孔子様の御声が何とおっしゃったかなどは、実に朦朧模糊たるものなのだ。生麩を引搔きまわしてぶつぶつにしたことが、孔子様に無礼を致すことになったとはおかしなかかりあいである。しかもその上、私のような不謙遜《ふけんそん》なやつは悪魔外道で、この世の何人のためにもならない、生きていてもしようが無いやつだというのだ。父は孔子様をえらい方だと敬語をつかって云うが、私には孔子より父の方が絶対である。その「絶対」が、えらい孔子様をしょって頭の上へ落ちて来るのだからたまらない。私はちぎれちぎれの心になり、消えてしまいたい思いであるが、どっこい消えることは許されない。生きかわり生きかわりたたき直さなくてはならないのだそうである。はは、そうかと思っていれば、これも亦《また》いけないのである。「孔子様なんぞにふんづかまえられて一生うごきのとれないけちくそでいいのか」と変化して来る。いま消えてしまいたいその心は今捨て去って、今また新たに勇猛一転しなくてはならない。造次顚沛《ぞうじてんぱい》、前進々々。

私は小さいときからどういうものか、こういう父の絶対力にあらがいたい気の合わなさをもってい、四十四年をあがき通したが、ついに一度も「絶対」を逃れてほっとしたという経験をもたない。父が死んでいなくなってしまってから、「絶対」は更になおも絶対になってしまった。そして、もはや目に見耳に聞くことのできぬ「絶対」を恋うて、はじめて涙をこぼしている。父は小言を云うときに相手の脊《せ》たけを問題にしず、自分の知識の程度から割出して云うようにしか思えない。こちらの理解の及ばないことを、ひとりでしゃべりまくる。ソクラテスかと思えば二宮尊徳であり、古事記かとおもえば競走用自動車のエンジンの話である。わからないから平気で目もまわさないでいると、それがまたじれったいらしく講釈つき小言になる。ひろい語彙《ごい》から自由に摑《つか》み出して高射砲のように、だだだっと撃ちつけてよこす文句は、私の胸をうって命中した。ひどくおこった時は恰《あたか》も呪《のろ》いの文章を読むように思え、刃向うような気持を底にもっていた私であったから、なおさらこういうことばには敏感に刺され、真正面からぶつかった日には一度叱られれば七度八度死んじまっても追いつかない気がさせられたが、天はちゃんと救いの路《みち》を通じておいてくれたのである。私には快活性とでたらめ性が与えられていた。思いがけない孔子様の怨敵《おんてき》の如く罵《ののし》られ、悲痛やるかた無い思いに悶々《もんもん》としていても、たまたま愛犬が尻《し》っぽ振って出て来ようものなら、忽《たちま》ちにして蚤《のみと》取り作業に移るし、もしまた眼をあげて夕焼けの空に出あうならばただちに、やあ綺麗だなあ、あんな色の著物著たら天の使のようになるかも知れないなどと、むちゃくちゃに浮きたってしまう。だから二千年遠くから孔子様が私の上へ圧力を加えて来るのは、まことに気味が悪い話であるけれど、そして父が又いかに私にぎこぎこ当ろうと、遂に一念発起というようにはならなかった。

父はぶつぶつ云いながら、ぶつぶつの糊を苦労してといている。あんまり楽しげでないしごとだ。「糊箱の底板の内がわに鉋《かんな》がかけてないのは何のためだと思う。その道の人達はみんなおまえより苦労を積んで、ありがたい定跡を残しといてくれた」と、いつの間にか孔子様が経師屋になっているのはよいとしても、糊刷毛は酷使されている。上から柄《え》をむんずと摑んで、ぐいぐいやっているのだから、毛さきはたわしのように八方にひらいて大童《おおわらわ》の形になっている。たまりかねて、「そんなにして大丈夫?」「うむ?」鋭い眼がすばやく私へ流れて又もとにかえり、「こりゃ糊刷毛なんだよ。法にしたがって使うのと乱暴は違う。」一ト刷毛、二タ刷毛、毛さきは整列してしまう。そいつを私の鼻さきへ突きつける。孔子様も経師屋もえらいだろうが、これだから私は父の方へ余計恐れ入るのである。

紙は障子のこまに寸法をあわせて、一本全部の耳を裁ち落す。裁ち屑はすぐ屑籠へ入れることは、きびしく云いつけられた。「刃物の周囲は整頓《せいとん》し、扱いを丁重にすれば怪我は無い。素人《しろうと》は玄人にくらべてできない癖に、刃物へぞんきな扱いを見せる。大工なんぞ鉋屑の中へ切れ物をほうり出しておいたりするが、あれは皆置き勝手というものがほぼきまっているから、木っぱ拾いの小僧だって無暗《むやみ》に手を突っ込んで鑿《のみ》に食われるなんてことは無い。あればそいつがまぬけで、痛い思いをして叱られてもしようが無い」と酷《むご》いことを云う。裁物庖丁は広刃で薄く、食込み嚙みつく気味をもっている。やられれば大事《おおごと》なのはわかっているし、叱られるのもわかっている。経師は座敷しごと、客に見られることはやむを得ない、障子張り申候、散らかり居候は甘ったれのでれ助だ、いつ人に来られてもいいようにかたづけつつ進行しろというので、屑籠は身のそばから放さない。何事にも屑の置き場処はしごとのキーポイントである。裁った紙へは薄霧を噴いて巻きかえす、桟に糊を打つ。ちょっとでも糊が散れば間を置かず雑巾、手まめ第一である。右の親骨からきめて左へ繰りのべ、定規をあてて庖丁を使う。張り了《お》えて霧を噴く。終り。なんでもないことがなかなかうまく行かず、斜に走る皺《しわ》が見苦しかった。手習と同じくソフト・タッチと脊骨が伝授だと教えられた。脊骨の押っ立った人間とはおばあさんの云うことば、脊梁骨《せきりようこつ》を提起しろは父から聴くことば、露伴親子は脊骨が好きらしい。「出来不出来の見かたは昼間ではほんとでない、日が暮れて蠟燭《ろうそく》をかかげてじいっと見られては玄人でも大概は落第だ」と云ったが、聞いただけでもそんな意地悪らしいしかたは快くないから、私は試みたことが無い。試みるまでもなく雨の日には、私の張った障子は泣きっ面《つら》をして成績を暴《ばく》ろしている。

*

障子は教えてもらったが、襖はいざ始めようという段になって来客があり、さしつかえた。「講釈だけは一ト通り聞かせてやったんだから、なんでもいいからやって見ろ。どうせ出来はまずいにきまっているからおまえたちのいる部屋のをやれ」というので、くさくさしたが、しないでいれば意気地《いくじ》無し、なまけ者と来るにきまっている。かまうもんか、やっつけろというわけで、私が下貼《したば》りをひきうける。そのあいだに弟は紙を買いに行くと手筈《てはず》し、そこできょうだいは智慧《ちえ》をしぼった。父は「紙は無地がいい」と云うけれど、そんなものでやったらぶくぶくをひきたてるようなもんだ、よろしくカムフラージュを施せと揉《も》み紙を選んだ。しかも銀は値《ね》が高い、藍《あい》はくすむ、鼠は平凡、茶としゃれたらおこられまいと考えた。下貼は苦心した。なにしろ見たことも無いのであるし、講釈のときにはどうせ後でやって見せてくれると思って、いい加減に聞き流していたのだから、簑貼《みのば》りということばだけしか耳に残っていない。与えられているのは原稿反故《ほご》のぼろ紙、簑というのだけをたよりに下から順々に貼りつけて行ったが、ちょうど巨大な鳥の腹のようなものができてしまった。そこへ父はお客を置いて検分にやって来たが、見るなりフェッとびっくりしている。そして、「こりゃあ」と云って、頭に両手を載せて笑いだし、笑ったなりであっちへ行ってしまった。私は腹を立てた。紙は註文《ちゆうもん》通りのものがあった。なにしろ唐紙《からかみ》は大きいのだから、取扱いはなはだ難渋である。お座敷しごとの片襷なんぞとは云っていられない、物をまたぐ飛び越す。何よりもあてが外れて茫然《ぼうぜん》としたのは、揉み紙は濡《ぬ》れないうちこそ揉み皺がくしゃくしゃしているが、糊をひいたら最後、あれっと思うほど延びてしまうものであった。きょうだいは大あわてにあわてて、一人は乾いた刷毛をふりまわす、一人は乾き雑巾でなでる、二人ともじれて手のひらで引っこする、色がおりて手は茶に染る。意外に延びて寸法からはみ出した紙は、まさか裏へ繰り越して貼りつけることもできない。切るにも裁物板をあてがうわけにも行かないから、羅紗《ラシャ》切り鋏《ばさみ》を持ち出す。切った紙には糊がついているから、畳へぺたぺた貼りつく。大騒ぎで貼りあがったものは溜息《ためいき》を請求している。しかし、ここを見られては一大事であるから、裏の便所のそばへ持ち出して天日《てんぴ》に乾かした。下貼が鳥の胸のように脹《ふく》らんでいるところへ揉み紙なのだから、くしゃくしゃぶうっと腫《は》れたようになっている。弟は、「ねえさん乾けばきっとよくなるね」と慰めてくれたが、二度見る気はしなかった。夕方かわいてぴんと納りはしたが、そのかわりに小皺は余計目立った。縁《ふち》をつけ引手を嵌《は》めて、できあがりの報告をした。「茶もみ紙とは恐入《おそれい》ったね」とにやにやし、「うむ、うまく行ったな。なかなかうまいよ。ヤ、大層いいよ。」だんだん安売りに褒めてるくせに、ふっふっと笑った。弟はわっと笑った。しかられないで済んだが、ほかの襖も貼りかえろとは註文が出なかった。

昭和三年、父は六十二歳、小石川蝸牛庵の八畳。お客が来ている、私の配偶になる男となこうどの二人。父は話している、私は立ち聞きしている。「どうもあなた、あれには女親がありませんので躾《しつけ》もなんにもめちゃくちゃで、まあどうやら飯ぐらい炊《た》かせられますが家事一切というにはまことにはや覚束《おぼつか》ないことでして。私もそうそうかまってもやれませんので、襖の貼りかたなんぞも教えといてやりゃよかったんですが。」私は仰天した。鳥の腹のような下貼の披露《ひろう》なんぞされては形無《かたな》しだ。が、婿《むこ》さんも驚いたとあとで聞いた。唐紙のことをああいうくらいなのだから、畳替えも家事一切のなかへ含むものなのかも知れないと考え、驚嘆したそうである。越えて翌年十一月末、出産を控えた私は父の躾の面目を保つために息をきる身重さを忍んで、わが家の障子全部を新しく白くした。主人の母はさすが人の親、「おまえさんよくまあ障子を」と云ってくれ、私は父の笑顔を思いえがいた。それから十日して私は女の子を恵まれ、まだ目も見えないその子を眺《なが》めて、きびしくない、やさしい躾をしてやりたいなどと設計し、気がつけばそれはなるほど父の云った通りであった。

なた

鉈《なた》を持った一番最初は、風呂《ふろ》を焚《た》くたきつけをこしらえる為《ため》からであった。こつんとやると刃物は木に食い込む、食込んだまま二度も三度もこつこつとやって割る。「薪《まき》を割ることも知らないしようの無い子だ、意気地の無いざまをするな」と云って教えてくれた。おまえはもっと力が出せる筈だ、働くときに力の出し惜みするのはしみったれで、醜で、満身の力を籠《こ》めてする活動には美があると云った。「薪割りをしていても女は美でなくてはいけない、目に爽《さわや》かでなくてはいけない」というんだから、その頃は随分うるさい親爺だとおもっていた。枕《まくら》にそえて割る木を立て、直角に対《むか》いあって割り膝《ひざ》にしゃがむ。覘《ねら》いをさだめてふりあげて切るのは違う。はじめからふりあげといて覘って、えいと切りおろすのだ。一気に二ツにしなくてはいけない。割りしぶると、構えが足りないと云う。玄人以外の鉈は大概刃の無い鈍器なのだから一気に使うものだそうで、「二度こつんとやる気じゃだめだ、からだごとかかれ、横隔膜をさげてやれ。手のさきは柔かく楽にしとけ。腰はくだけるな。木の目、節のありどころをよく見ろ。」全くどうしていいのかわからない。父は二度三度して見せた。ぞっとする気味の悪さに嫌悪《けんお》が走った。物置の前の日かげは寒かった。峰の厚い鉈をふりかぶる白い手、肥《ふと》ったおなかに箍《たが》をはめたような帯、無地紬《むじつむぎ》の袷《あわせ》の縹色《はないろ》の裾《すそ》、何よりもその目、長年の酒にたるんだ上瞼《うわまぶた》が目じりでぎゅっと吊《つ》りあがって、色のほとばしり出ているような瞳《ひとみ》、ウッとふりおろすとダッと二ツに割れる。私には大体、刃物をふりあげるそのことがすでに、こわくていやな心持だったし、瞬間に物がその形を失うことにも心がひっかかった。わき目もふらず、ダッダッとかたづけて行く父の頸《くび》・脊中は、声もかけられないかげろうのようなものが包んでいた。神経のぴりぴりしている成熟前の少女には、我慢しなくてはならないしごとだった。

薪は近所の製材所から買った屑木《くずき》で、とんと柱とおもえる角材だったから、木性がよくてさほどの力もいらない筈だったけれども、私は怖《お》じて、思いきってふりおろすことができなかった。鉈をふりあげた姿勢がもう父の気に入らなく、「ちょいと蹴飛《けと》ばされるとひっくりけえっちまう」と云われ、うじうじとふりおろす後ろから、ッタッというかけ声を浴びた。縮みあがった。まるで石みたような声だった。不意にうしろから石が飛んで来たのだ。父に向きあって立ちあがっていた。見つめあい、私が負けて地面を見た。「もういちど、やってごらん。」語気はむしろ優しかった。白状するが、私にはことばの中に一閃《いっせん》の愛情をさがしている余裕は無かった。緩めない、逃さない激しさを酷《むご》さとうけとるや、立っている脚から踏みしめる気が起った。反抗と捨てばちと、いずれにせよ正常な勇気ではなかった。座に直った心は、手一本足一本がなんだ、ぶったぎれと思った。

私には石の恐怖観念のようなものがあった。それのはじまりは明らかに覚えている。母の葬式のときからである。お寺の本堂と広間とのあいだをつなぐ通路には、天井から大太鼓が吊ってあって、これを打って式のはじまりを会衆に知らせる。最初力を籠めてドンドンと間遠に、だんだん刻んで終りはドドドドドと消し落し、またドンと力を入れて最初に返る。七歳の私ははじめの一音と同時に凄《すご》い重量を感じ、てっぺんまで恐怖したが、我慢して刻み落すのを聞いてほっとするや、虚を打たれて又ドンとやられ、いるにいられない想《おも》いに迫られ、おろおろと立ちあがり、そばにいた誰だかに抱きとめられ、その膝に押しつけられ動けなかった。太鼓の音と、しっかり押えられた触感とはごったにまじり合い、暗くつむった目の奥から途方も無く大きな石がころげて来た。たまらずもがき、あばれだし、放された。太鼓は済んだ。人々をざわつかせ、私もしずまった。

以後私は太鼓と石の追って来る夢を見るたびに、寝ぼけて泣くようになった。のちには重いということばだけにもう恐れが起り、父が鎌倉権五郎の大力の話をしてくれたときには、恐ろしさに昼間だのについに駈《か》け出して逃げた。これはケチと断定されたから、ケチでないために私は石をこらえるというより、むしろ石に武者ぶりつかねばならなくなってしまい、いまでも覚えている。或時《あるとき》は、こむらがかえるまで我慢した。父はびっくりして私の足を摑んで直してくれたが、これがまた随分痛かった。原因の太鼓の話はとてもとても話すこともできないほど恐ろしかったから、いくら聞かれてもだめで、とうとう父にも云えなかったが、それから後はお寺へ行く時にはもう家を出る前から覚悟し、いよいよその時にもなれば耳にはしっかり指の栓《せん》をし、目は格天井《ごうてんじょう》の牡丹《ぼたん》の花や鳩《はと》の彫物を見つめて、一意これらから楽しいものを聯想《れんそう》しようとつとめていた。

今、自分にもわかる荒々しい野性を曝《さら》して振舞い、観念こめて打ちおろしはしたものの、薪のガッとした手ごたえは、そんなことは一度もしたことが無いのに恰《あたか》も生きものへ刃を加えたような気味の悪い聯想を生じ、尻《しり》が浮きあがった。父はかけ声をやめなかった。私も鉈を放さなかった。いつの間にか父はいなくなっていた。刃物の、石の、恐怖は脱けていた。

畢竟《ひっきょう》、父の教えたものは技《わざ》ではなくて、これ渾身《こんしん》ということであった。薪は時により松の丸のこともあり、庭木の枯れのこともあった。松は節が多く、また時々ねじれ木目のがあった。節はすなおな木目の深い処《とこ》に、おできの核のようにすわっているのもあり、又ここから枝が出ていたと示す別な組織が、鉛筆の芯《しん》のように斜にささっているのもあった。ねじれはさしわたし五寸程の丸にもなれば、どこから手をつけていいかわからないくらい結束してすねていた。これらは汗をしぼらせたが、私は削るように少しずつかき取って砕いた。父は楊枝《ようじ》削りと云った。或時その楊枝屋をやっているのをそばで見ていた父を、ふと見上げると非常にこわい顔をしていた。そして粉々《こなごな》になったときに、「とうとうやられちまやがった」と云った。これを聴いて私は、ぼんやりと何かを得たような気がした。

庭木は檜《ひのき》は楽だったが、紅梅は骨が折れた。抵抗が激しく手が痺《しび》れたが、結局これもこなして焚口《たきぐち》へ納めた。しまいには馴れて、ふりおろした刃物がいまだ木に触れぬ一瞬の間に、割れるか否《いな》かを察知することができた。そして、斧《おの》の方がいいだろうと云ったら、「めっそうも無いやつだ、風呂の薪などは鉈で沢山だ」と、刃物の位取《くらいど》りのことを聞かせられた。書斎の縁の下に版木《はんぎ》がどっさり重ねてあった。「あがりがま」の少年が鎌《かま》を摑んで男に向っているのもあったし、「ささ舟」の綺麗な女の子もあったし、「きくの浜松」という字の浮いたのもあった。何か思うところがあったのか、これを割れと云いつかった。惜しいとは思ったが、黙ってさくさく割った。桜だった。よく燃えた。私は梅・松・桜と灰にしたわけである。

雑草

向嶋蝸牛庵は百七十坪ほどの敷地と記憶する。建て物は住居、書斎、湯殿、物置の三棟、空地は五ツにしきられ、父の居間の前の庭、玄関、茶の間、井戸端、畠《はたけ》になっていた。庭は色の無い青い庭であった。檜、松、槐《えんじゅ》、槇《まき》、千人力、木槲《もっこく》、竹、熊笹《くまざさ》、あすなろう、歯朶《しだ》、四ツ目垣《がき》にからむ忍冬《すいかずら》、美男葛《びなんかずら》、枸杞《くこ》。生母が死んで新しいははが来て間もない頃までは、だから八ツ九ツの時分は、よくメンタルテストをやられた。「庭で色のあるものを云って御覧」というのはその一題である。こんなのはへいちゃらである。竜《りゅう》のひげの紫の花、瑠璃色《るりいろ》の実、槐の白い花、槇の実の青い団子赤い団子、枸杞の花の紫、赤い提燈《ちょうちん》、忍冬の金銀、木槲の紅葉、美男葛のあかい鹿《か》の子《こ》。やさしい問題だったのに非常に褒《ほ》められて、新しいははの前に面目を施したのを覚えている。御褒美《ごほうび》は何だったか忘れた。父の御褒美なんぞはあてにならない、やさしい問題に大きなカステラの時もあり、難問にドロップ三個なんていう時もある。庭に誰も必要以外に入るのを許されず、入るにしても下駄《げた》を禁じられていた。父はここが好きらしく、太い竹の皮鼻緒の庭下駄を履いて、よくぶらぶら歩きまわっていた。

むかし向嶋は、よい美しい土地であったらしい。七部集炭俵、

そらまめの花咲きにけり麦のへり
昼の水鶏《くひな》のはしる溝川
上《うは》はりを通さぬほどの雨ふりて
そつと覗《のぞ》けば酒の最中

などは、そっくりそのままだったという。私の小さい記憶にもこの風景のなごりは穏やかにくりのべられており、水は溢《あふ》れ、鶺鴒《せきれい》などはめずらしい鳥ではなく、土は紫であった。自らあがなった土地に立ち、自ら図を引いた家に住み、健康でまめまめしい妻をしたがえ、おもしろい酒と身を打込むしごとがある若い日の、父の朝夕はどんなだったろう。植木屋の与吉さんや百姓のおとよさんは皆このころからのなじみであり、子供達にも親しい仲であった。やがて美しいこの土地は小工場地化して来、ぶざまな煙突からは煤煙《ばいえん》がふる、動力による無理な水の使用に昔ながらの井戸はどこのも汚水がさしはじめる。地味《ちみ》はだんだん衰えを見せていた。父にも安らかな日は続かない。しごとには障りが来る、不本意な義理人情、不如意《ふにょい》な会計が倦《う》んじさせる日常に、木鋏は音《ね》をひそめ、梯子《はしご》は縁の下に蜘蛛《くも》がからむ。鋤鍬《すきくわ》が光らなければ、吸物のつまにも費《つい》えが走る。こうした草木艶《つや》無く蔬菜《そさい》おこらぬその中に、ぐんぐんほき立って来たものが私達きょうだいであった。弟は華車《きやしや》で細かったが、いつも捨て身の気あいで押して憚《はばか》らなかった。三ツ年上の私は、基督教《キリスト》の柔軟性をよそおって性来の強情っぱりを糊塗《こと》しようかなどと考えて低徊《ていかい》していたが、父に云わせれば、「腕っ節も膝っかぶもがつんとして、えらく大きくなりやがった」ということで、十六貫たっぷりのぬっと肥ったからだは、大抵のしごとに疲れを知らなかった。与吉さんおとよさんはワイプされ、文子一郎が浮きあがる。

きょうだいは手拭《てぬぐい》を頸に巻き、冷飯草履で庭の掃除をさせられている。弟は檜のむだ枝を払い、私は地を這《は》って草を挘《むし》る。裁縫鋏、握り鋏、ペンチ、花鋏がどうとかこうとか、それで木鋏はここんところがなんとかで、角度がこうで、かなり太い枝でも生木ならば、ちょきんとやって見せている。弟はできない。「ア、こじるなこじるな。鋏の研ぎは素人にゃできない、刃をこぼしちゃ厄介《やつかい》だ」と文句を云われている。私は弟が小言を云われているのを聞くのはおもしろくてしかたが無いが、弟はねえさんに笑われると無体癪《しやく》に障るのだそうだ。何とかと鋏は使いようの実習をやって、小言を食ってるともえばおかしいが、うつむいている。父は刃物に非常に慎重で、たとえ菜っ切り庖丁《ぼうちよう》・鰹節鉋《かつおぶしかんな》でも刃物と名のつく物を持ってる人間には、断じて冗談を云うんじゃない、おこらせるものではないと、すでに大事が勃発《ぼつぱつ》してしまったような恐ろしい顔つきで諭《さと》すのである。「生け花には女師匠がいるだろ、そういうばあさん連中のなかには黒い羽織なんか著てしなしなしなびているけれど、どうしてどうして立派な切り口を見せるのがいるから、うっかりしたことを云おうものならひどい目にあう」と云っている。話によると、生け花の師匠も大工も肴屋《さかなや》もみんな剣術遣いと似たような修業をするらしい。「庭木は下枝横枝が大切、空指す枝は大事無い、こんだ処は六尺さがって見きわめてから透かせ」と、そんなことを聞齧《ききかじ》るうちにお鉢《はち》は私にまわる。

紡績がすりの袷を著ていたが夏のように暑かった。草は一面に生えていたが、さすがに長年手入れをした庭であるから、ぼうぼうという形容をもってするたちの草ではない。寸のつまったか細いもの、平たく地にひっつくものである。流れ土は毎年補給し敲《たた》き鏝《ごて》で沈め、ちゃんとしまっているその土をくぐって出て来る草どもは、見かけによらず抵抗力をもっている。こまかい根はまるで死んでも放さぬという形で土をかかえて抜けて来るから、あとには穴が明く。草取りはやたらと足を動かしてはいけない、身のまわりには塵取《ちりとり》・こうげ板・敲き鏝が引きつけてある。動かさない足の、手の届く限りを除去する。取った草はすぐ纏《まと》めて塵取へ。こうげ板を使って土をならし、穴を埋めてろくにする。平らにならないほどな穴が明いているときは、畠から土を持って来て補足し、鏝で敲いて押える。一歩一歩かたづけて行くこの作業は、飽きることおびただしい。畠の草なら左右両手が遣えるが、これは右手ばかりが疲れる。苔《こけ》のある処などは神経をゆるめていると、叱られる種を蒔《ま》いて歩くようなものだった。箒《ほうき》は一切つかわない。「落葉は見苦しいものではないけれど、へたが箒を使ってでこぼこにした庭は見るに堪えない」と云う。枯れ枝を除くことと土のろくが第一条件であった。余程でこぼこがいやであったらしく、水はけの悪い処へは雨の日に濡れながら自分でせっせと土を埋めたりするし、又、「おまえあそこへしるしをして来てくれ」と云われ、割箸《わりばし》の古いのを折って立てさせられたりした。こういうときには大抵、父は縁側に立って見ている。庭下駄を履いて行くのだが、まったく兢々《きょうきょう》として薄氷を踏むがごとく、いくらふわりふわりと歩いてみたって十六貫はちぢむ思いであった。

こうげ板とは本式にはどう作るものか知らないが、菓子の杉折のふたなどを、目なりに三寸ぐらいの幅に折って先を三角に落した板で、これを左右の手にして搔《か》く。箒は軟かいから土にしたがってしまうが、板は直線だから高きを削り低きに剰《あま》す、箒は識《し》らず知らずに土を掃寄せるが板はごみだけを取ることができる。それに先が鋭角になっているから、こまかいしごとに便利だ。しかし、これは捗《はか》が行かないし楽な姿勢でないから、小石川へ移ってからは、立っていて使うにいい長さに撞木形《しゅもくがた》の棒をこしらえていた。これは代々の女中に不評判であった。旦那様は意地悪くやかましいと、かげ口は絶えなかった。伝え聞く人達も恐れをなして、変っているとか無理だとか云ったが、私の知っている限りでは、自らこうげ板や棒をもって経験して後に是非を云々《うんぬん》した人は一人もいなかった。一日のわざは箒も板も目に見えぬが、一ト月の後はおのずから明らかである。こう云えば、もしそれが土膏《どこう》動く春さきででもあれば、十日にして歴然たるものがある。

私も十幾歳にして板の掃除を会得したようにあやまり思われるが、この時代は不平を鳴らしながらも已《や》むを得ず命令にしたがっていたばかりのこと、ろくな土の美に目があいたのはすでに三十、棒の箒を愛するようになったのは四十に近かったとは、ほんとうにろくでなしのでこぼこ野郎、昨秋越して来たここは旧蝸牛庵の焼け跡、何彼《なにか》につけて父をおもうことは多いが、箒より雑巾より私はこの棒をなつかしくおもっている。

父の性格に「徹底」は見のがせない。執念深く飽くまでやる。気味の悪いほど性急な突込みかたもするし、ゆったりした態度で飽きずにやってることもある。雑草と闘う父の姿は子供のときから見なれたもので、遂《つい》に死ぬまでそれを憎む心を持ちつづけていた。「お天道様は広大無辺で作物も育ててくださるが雑草にも花を咲かせる」と云っては忌々《いまいま》しげに引っこ抜いている。「この貧乏草め」とののしり、たたきつけているのを見たこともある。あるとき、父と二人の子とは陸稲《おかぼ》の畠を歩いていた。どこも甲乙無く耕され、単調な道が続いていたが、そこの一個処だけは際立《きわだ》っていた。地しばりとかいう草がべったりはびこって、本体の陸稲は徐々と食い殺されている様子であった。父は立ちどまって長いあいだ見ていた。何も云わないが、怒りに嚙《か》んだ歯の形を頰《ほお》の上から見ることができた。

又あるとき、当時五ツの孫と庭に出ている祖父の黒い石摺《いしずり》の羽織の脊中はひろく、孫の赤い友禅の肩あげはふかく、二人ともしゃがみ込んで庭大根の話をしている。「こいつは悪いやつでね、ひっぱるとホラ葉っぱだけ取れちまうだろ。それが御覧、ながーいながーい根を持ってがんばってるんだよ。そうしてその上こいつは悪いなかまを殖やすのが上手なのさ。きっとそばになかまがいるよ。」「お爺《りい》ちゃん、ここにいた、ここにもいた。」老いて残りすくない祖父の白髪にも、幼くぽやぽやと柔かい孫の髪にも春日はひかっていた。それから後、私は子供を連れて姑《しゅうと》をおとずれていた。隠居所は店の奥にあった。家業は酒問屋、取引はだんだん左前にしめ出されているが昔ながらの間口は広く、新川筋《しんかわすじ》にならんだ河岸倉の表つきよく、軒高々とあげた看板は八代続いたほこりに古く、さびつく貸し越しにがたつく裏口の立てつけ合わず、すきま風と一緒に何だかだと身に沁《し》みる蔭口《かげぐち》に一人おどおどと、かわいそうにおばあさんは家つき娘だからたよる処は御先祖様と阿弥陀《あみだ》様、南無々々とおじぎばかりしているから脊中がまがる。やっこらさとふり仰ぐ息子達からは、おもしろくない話ばかり聞かされるが、うつむいてさわれる孫娘はかわいいことばっかり云ってくれるのだから、来れば帰るまで「玉子や玉子や」とついてまわって離れない歓迎ぶりである。玉子は自分のうちにもおじいちゃまの処にも無い倉が好きだ。私が義兄と二ツ三ツ話しているうちに、もうおばあさんと外へ出て行ったが、倉へ通うひあわいで停滞して何かしゃべっている。聞耳立てて私は動けなかった。孫は祖父から得た知識を祖母に提供して無邪気である。かねてそこには庭大根が重なりあうように生えているのを、私も知っていた。「これはねえ、貧乏神なんですって。こんなにどっさり生えてちゃおうち潰《つぶ》れるのよ。そうするとね、お友達のぺんぺん草がお屋根へ生えるんだって、お爺《りい》ちゃま云ったわよ。今にお倉の屋根へ生えるわねえ。」あの父とこの姑《はは》と、そしてわが子と、こう揃《そろ》った幕には所詮《しょせん》私は大根とも声のかからぬ、甲斐《かい》無いだんまりでいるよりほかのすべは無かった。新川の店はつぶれた。

父は抜いた雑草は集めて、かならず焼いた。「いくらしたって絶えっこ無い雑草なのだから、せめてその時のそのものは焼いて絶滅させなくてはいけない」というのだ。時には又、「雑草っていうやつはえらいやつだ、大したきついやつだ」と褒めていることもある。そうすると、なぜだか私はほっとする。ずっと以前、父は草取りばあさんに命じて草を取ったあとの地面へ、一々塩をすり込ませてみたと話した。結果のことは覚えていない。雑草のしぶとさもしぶといが、そうまでしたという父の心は身をすさらせたいような哀しいおそれをもって聴いた。縁づいて十年、われから引いて子の父に別れたが、長いあいだを添って過した二ツ栗《ぐり》の一ツに離れたすわりの悪さ、父の玄関に著《つ》くよりさきにすでに心は人恋しく、皮膚もまた寒く火を欲した。そういう私を父は机の前から睨《にら》み据《す》えていた。が、私は押えられず躍り狂った。父は知ってい、あわれんでい、こらえてい、憂えていた。左肱《ひだりひじ》を机にかけ心持もたせ加減に身を構えて、右手はぴたりと股《もも》につけた父の姿、ゆるさぬその姿。私も父に知られていることをさとっていたが、世に定められた道徳は私の潮を堰《せ》きとめ得なかった。そのころ父は小説を書いた。ああ、草の根に塩を塗ったおとうさんじゃないか、と思いいたれば、ぽたぽたと涙がたれた。ぺんぺん草がと云った娘はその父をもぎ放されて、これはまた限り無くあわれであった。断ちがたく胸にのこる思いは雑草か。塩だ。塩だ。塩を塗れ。痛さを堪《こら》える専念のうちに、自分には気づかない恢復《かいふく》が静かにひそかに用意されて行ったようであった。雑草を殺す筈《はず》だった塩は、からくも腐れ縁のくされどめになって、今はもう二十《はたち》になった娘に私はその父の話をして聞かせている。善悪是非はおのずから消えて、たがいに傷《きず》つけあった道連れをなさけの深いものに思っているし、なくてぞと揶揄《やゆ》されても私は笑っている。

＊

畠もやらされた。およそ道具は皆素人向きな物では満足できなかった人であったから、鋤鍬は百姓なみの大きい重いものであった。これらをこなすことは、おいそれと行かなかった。私は常々不器々々《ぶきぶき》と云われていたのであったが、幸いなことに上背《うわぜい》が高く、よその女の児より腕力が強かったから、力ずくで突貫しているうちに少しずつ会得し慣れた。重量は適当に扱えば人の労力を半減してくれるものだった。「百姓の道具は力学的になかなかうまくできてる」などと、父は著流しの庭下駄で私の労働を見ながらその辺をゆらりゆらりと歩く。耕すということはいくら若いからだにしても腰骨にこたえると訴えると、「そこが百姓の強さなんだから我慢してもっと続けてやって見ろ」と云われた。はっとした。目も挙げられず土をかえして一歩退《すさ》る、また土をかえして一歩退る。

ぎーっと書斎の扉《とびら》をあけて入ってしまった父を、脊中で見て休んだ。百姓にする気なのかなあ。空は雲ひとつ無く、青くふかぁく見えた。

父がどういう気持からこんな労働をさせたのか、私は知らない。おそらくむずかしい意図計画からしたものではなかろう。生母は手まめなひとで、家事雑用の一部のようにして畠をしたそうだ。もとより広い面積があろう筈は無く、照手姫《てるてひめ》のはたけのようにあれも少しこれもぽっちり乍《なが》らいつも整然とさくだって、不時の来客にもあわてて八百屋へ駈けつける未熟な姿は見せることが無かったというから、亡《な》き妻のやりかたを忘れがたみの私に植えようとしたまでだと思う。その頃はかなり細い暮しの人でも娘盛りの子に鍬をとらせる者は無かったが、父はそういう世間なみの常識などはてんで考えても見ないことだったのだろう。私もまた、父に云われたからするというだけの大ざっぱなもので、思想的に掘りさげるという深いものなどは一言半句聞きも知らなかった。学校は土・日と二日休みだ。ホーリーサンデーを守ってきちんきちんと教会へ行く者、活動写真にほうける者、兄の友達や好きないとこをそれとなく待つらしい者達のなかで、私はひとり土を踏んだ。格別いやとも思わず、ただ時々知らずに蛙《かえる》を胴斬《どうぎ》りにしたりすれば目を瞑《つむ》るくらいで、淡々としていた。が、友達には話さない。掃除教育を話した時に、みんなは、「へえー幸田さんの処ではおとうさんが雑巾がけを教えるんですって！」「ほんと？」「露伴先生が？」と、好奇心と嘲笑《ちようしよう》を浴せられて、逆にこっちが驚いた。語るを得る友の無いことは知れているから黙々としていた。友達には知られなかったが、うちへ来る人のなかには目の早い人がい、父は質問に答えて、「あれはトルストイアンでね」と笑ったそうである。ふざけている。云われた人はふざけているとも知らないで恐らく、「さすがは」などと一人ぎめにして尤《もっと》もらしい顔をしたのだろうと思えば、父も相当ないたずら大ザルである。

私はトルストイは、カチューシャかわいや別れのつらさとしか知っていない。今だってなんにも知っちゃいない。親類の学生が云っている、「なんだか変だな。ここのうちに育った文ちゃんだのに、なんにも読んでいないんだな」と。誰もかも云った、「おや奥さん、これ知りませんか。」「冗談云うないと云いたい。うちの中の手近い処に親爺が八方睨みの目を光らせて、でんとすわっている。トルストイがお祈りしようと、モーパッサンがいちゃつこうと、そんな遠いところまで手がまわらない。変転きわまりない勝手な親爺と、三日同じ穏かな日は続かない雨風の禍《わざわ》いに追いまくられてくたびれている。ものを読むひまにぐうぐう寝て恢復しなくては、とても太刀打ちのできる家の中じゃない。私は意気地無しに相違無いが、まあここのうちの子になって御覧なさい。昔からきまっている、紺屋《こうや》は白袴《しろばかま》、髪結さんはいぼじり巻、文子は無学だ。父の作品さえ読んでいないから、全集編纂《へんさん》の話なんかされてはしかめっ面《つら》をしている。無学は決していいことじゃなし、父も、「おまえが馬鹿なのはものを読まないからだ」と云い云いした。

畠には豆を蒔《ま》いた。私の蒔いたのは一番やさしい枝豆で、よくできた。初なりをあげた時に父は大いに喜んで酔った。酔って歌をつくってくれた。畠の豆は大部分父が一人で食べたが、何でもおまえはいいやつだという歌だったが、すっかり忘れてしまった。朝見たら食べ荒した皮が一杯に散らかっているので父はおこって、もぐらもちも食べた。残ったのをみんな一時に抜いて朝も昼も晩も豆を食べた。豆は父の大好物で、春の豌豆《えんどう》からはじまって秋の十三夜さまにあげるすがれ豆に至るまで、毎日でもお膳《ぜん》につけた。大概なおいしい物でも「多きは卑《いや》し」と云ったが、「豆だけは多くてもよい、豆なんぞは多いからいいのだ」と平気でおかわりをするのだから、ばかげている。糖尿病だから糖の排出がひどくなれば食事は制約を受ける。こういう時には米を全廃して三食ともに豆を摂《と》る。ただ茹《ゆ》でただけの大豆である。間も無く験《げん》が見えることは秤《はかり》が平均静止していることばかりではない。右があがれば左がさがるから、今度は右をさげりゃ左があがる。それでうまくつりあう」と云って、死ぬまで糖尿と豆のシーソーをやった。即日お酒を飲む、天麩羅《てんぷら》・鰻《うなぎ》なんでもござれである。「バランスということは試験管が証明する。

信仰のように豆が好きでおいしがったから、私は人から豆を貰《もら》うとうれしかった。豆を煮るに萁《まめがら》を以てすということばは、思い出してもなつかしい。豆を茹でることはやさしいが、塩気も無い茹で豆をいかにおいしくこしらえるかはむずかしい。「日本の厨房《ちゅうぼう》に科学が無いから、名人芸はあっても一般的発達は後れる」と云って、外国の料理書を丸善から取寄せてくれたが、私には読めなかった。量と時間と火度のことが一々経験済みに親切に書いてあり、なかには生《なま》から煮えるまでの変化道程がくわしく書いてあって驚いた。「豆を煮ることなどはもっとうんと科学的にやるべきだ。アメリカなんぞでは豆を干すにも煮るにも数を数えてするのだろうか、そうして料理した茹で豆を味わってみるのはおまえの知識になるだろう」と云って口髭頰髯《くちひげほおひげ》をもくもくと動かして、配給のアメリカ豆をたべた姿は忘れられない。

私は畠をやらされたおかげで一人の知己を得た。一葉女史の妹、故樋口邦子さんである。このかたは一葉以来の交際であるから古い人で、母が死んだのも継母《はは》が来たのも知っている。色白にすらりとして、高い鼻と鮮かに赤い口をもった西洋人のような美しい人、半襟《はんえり》は男物の黒八を重ね、下駄は糸柾《いとまさ》の両ぐりに白鼻緒、地味《じみ》は粋《いき》のつきあたりといったすっきりした様子で、盆暮には礼儀正しい挨拶《あいさつ》と多分な贈り物を持って来訪する。綺麗な能弁で文士の内幕、作品のよしあしも論じ、世態へ向ける目もおもしろく賑《にぎ》やかに話して行く。同じ年頃の娘をもつこの人が、植込を透かしてうつる私の百姓姿を見のがすことは無い。ふとさした人影に気がつくと、畠と玄関の庭のしきりを押して、笑顔と白足袋が寄って来た。如才無い常識の挨拶を華やかな声で話すうち、目は二三度上下して、私は泥《どろ》の手足を眺《なが》めまわされ恥かしかった。途端に低く沈めて、「よくまあなさいます。ああいうおとうさまおかあさまです、あなたはお若い、御辛抱なさいませ。あなたのおかあさまはそれはそれはよくお働きになりました、あなたもどうか。」一しょう懸命にとは云われず、いきなり私の手はその人の白い両手に揉《も》まれ、見ればその高い鼻のわきを玉はつらなり落ちていた。「お怪我などなさいませんように、御十分お大事に遊ばしませ。」さっとからだを折って、「も、そのままにいらして、どうぞおしごとを」は後ろ向きのまま。私はろくに口も利《き》けず立ちつくした。つらいしごとだと思って悲しんでいたわけでもないのだから、泣いてくれるほどかわいそうがられるのは当らないことであったが、いたわりのことばを聞いた潤いは否めなかった。そのくせ又一方では、なぜ百姓をすればあわれがられるのだ、ままっ子だからの特別お涙はいやなこったという生意気を湛《たた》えてもいた。お気の毒なことに、このことから樋口さんはははになんとなく疎《うと》まれ、持って来る相談、おもに一葉さんの作品に関しての話は一応難癖をつけられがちであった。この人は浮世の砥石《といし》にこすられて、才錐《きり》の如《ごと》く鋭いところがあって、来る毎《ごと》の相変らず流れるような応対術はははの水準をはるかに抜いてい、ははは外交官という名をたてまつった。それ以後、小石川のこの人のうちの近処へ越すまで、さしたる交渉も無かったが、私は注意してその人の話を聴き、そして子をもつ女のやわらかさに感化された。父は「利口な女さなあ」と云い、「大した鼻だよ、立派だよ」と云った。父の鼻は低いのである。

父は一《ト》頃菊作りをやって、例の徹底ぶりを見せ、私達きょうだいはお相伴にあずかった。本をあさって読むは無論、人に聴く、植木屋を呼んで来る、苗は秋田の更生会から取寄せる、鉢《はち》だ、腐葉土だ、薬肥だ、輪台だ。そこで畠は野菜をやめて菊畠にさせられ、きょうだいは芳《かんば》しからぬ肥料係を云いつかった。弟はただちに叛旗《はんき》をひるがえし、嘴《くちばし》をとんがらせて不平を鳴らし、「おれはいやだ」と父を前にして堂々とほざいた。「おまえは黙っているときには貴公子だが、そうしてしゃべくり散らすときは長頸烏喙《ちょうけいうかい》、よくない人相だよ。親に楯《たて》つくやつはくそ担《かつ》ぎが頃あいだ」とぶった斬《ぎ》った。こうなってはしかたが無い、私が冠《かぶ》るばかり。憤慨その極に達している弟をなだめ、「ただほんとにその時だけ片棒担いでくれれば、あとは皆ねえさんがするからどこへ遊びに行ってもいい」という条件で落著《らくちゃく》した。弟は、「ねえさんがかわいそうだから勘弁してやる」と云ったが、いつもこういう変な勘弁に出会う。しごとはそれが又、実に念入りな註文つき作業だった。畠へ三尺四方、深さ一尺の浅い穴を掘り、葭簾《よしず》を蔽《おお》って四隅《よすみ》にとめを刺し、ここへ一件を流して漉《こ》せという恐るべき事業なのである。

穴を掘るのは何でもない。柄杓《ひしゃく》もある。が、桶《おけ》が無い。父は弟に真向《まっこう》からいやだとやられた機嫌《きげん》が直っていないものだから、私にも当って、「そのくらいな工夫ができないとんちき」とおこっている。不断は、「怒りを人に移すやつは下等だ」と云っているのだから、私も中《ちゅう》っ腹《ぱら》になる。醤油樽《しょうゆだる》の鏡を抜いて縄《なわ》をつける。縁の下へもぐって丸太の細いのを引摺《ひきず》り出し、鉈《なた》でガッガッと短くした。三人ともおこっている。著物をよごしては一大事、高々端折《はしょ》って覚悟した。黄金は、かぽちゃりかぽちゃりと悠久な音楽をかなでて、樽に満ちた。丸太を縄にくぐらせ、私が先に立つ。と、「先棒いいかあ。」弟のせりふもどきの奇声である。一時におかしかった。こういう感情の急変はたしかに父譲りで、きょうだい共に持っている。担ぐのははじめてであるから調子が悪い、それになかなか重い。さきに歩く私は見ないけれど、あとにいる弟は、あわや溢《あふ》れるあやうさに、阿房《あほう》のようにアッアッと間投詞を投げる。裏から抜けて庭を通り畠にいたる大道中、外八文字くそをくらえ、真剣白刃《しらは》の刃渡りである。一回二回は無事に済んだ、三回目も終りに近い庭のなかほどをよたついているときに、親旦那様が出て来た。「屁《へ》っぴり腰」とどなり、ワッフワッフワと笑った。つれて私も、フッフッとこみあげるおかしさをこらえると、いやに脚がよれよれになった途端、デデッとかしいだ。「南無三」と父が云った。飛んで逃げた。妙香あたりに薫じ、三仙《さんせん》の笑声天外に落ちた。もう誰もおこっていなかった。相協力して檜《ひのき》の根方まで運河を通じ、水を注《そそ》いで清掃した。

秋、畠は絶景を現じた。こやし負けした葉はちぢれ円まり、茎はのびて垣を越すこと一尺二尺、胡瓜《きゆうり》のそえ竹では間に合わぬ始末。咲くは手塩皿《てしおざら》ほどな赤・白・黄、道行く人は「菊の花のようだね」と云い、植木屋は「どうもちと」と云ったが、父は毎朝うち仰いで機嫌よく、「支那人はしゃれた人種だから、せいの高い菊の詩を作っていぬとは限らない」と云って、あちこちさがしていた。話は落ちがついてもうおしまいであるが、なお一言加えて筆を擱《お》く。その翌年、畠は管弁《くだべん》、匙弁《さじべん》、厚物《あつもの》、糸咲、狂い、懸崖《けんがい》、光輝あるものであった。

このよがくもん

「おまえは赤貧洗うがごときうちへ嫁にやるつもりだ。」私の将来について楽しげに父の語ったことばが、これである。

父はえらい人かも知れないけれど、私はなみ一ト通りの娘だったから、こういう予告を聞かされてはおよそがっかりした。が、とやかく云ってるひまはない。「茶の湯活《い》け花の稽古《けいこ》にゃやらない代り、薪割《まきわ》り・米とぎ、何でもおれが教えてやる」というわけで、十四の夏休みから始めて十七八まで、学校の余暇には父に追っかけられて育った。父の教えかたは実に惜《おし》みない親切なものであったが、性来の癇癪《かんしゃく》もちだったから、私がまごまごしていると、すぐにじれったがる。私は大概のときに叱《しか》られてばかりいた。箒《ほうき》の持ちようから雑巾《ぞうきん》のしぼりよう、魚のおろし方まで、みんな教えてくれた。

が、例外がある。師を請《しょう》じてくれたのである。習わせられたのは論語の素読《そどく》である。先生は横尾安五郎といって、もとは下総《しもうさ》の牧士《まきし》、将軍家の御料牧場をあずかる職ということである。いやしくない風丰《ふうぼう》の老人で、父とはたしか理髪屋か何かで知りあいになってみると、住いは極《ごく》近処だし、第一将棋がさせる。父に云わせると、この人の学問は恐ろしく古臭いが、筋はまちがってはいない。それに人間がやわ普請《ぶしん》ではないのだそうだ。息子が飲む打つが好きとかで、生活は貧困を極めていたが、おじいさんは衣服もちもの一切を自分で整理し、乱れた息子の家風のなかに一緒に暮して、しかも孤高を保っている様子であった。息子が又あまり類のない職方《しょくかた》で、大工の使う墨壺《すみつぼ》をつくるのが商売であるところから、人は墨壺屋のじいさんと呼んで、姓をいう者はなかった。

この人が夕食後、将棋をさしに来るときはいいけれど、朝食前、素読の師として迎えるときには、私と弟は行儀を正して先生と呼ぶことを父に厳命されていた。本は白文《はくぶん》で、浅倉屋から古本を買って来た。先生は父の廻転椅子《かいてんいす》にかけ、私たちはこっち側のちび椅子に並ぶ。象牙《ぞうげ》の鉛筆様のもので一々指しながら読んでくれる。早朝の書斎は書物の山、書物の谷のあいだに濃い影が沈んで、塵《ちり》一ツ動かない。一人の老人、二人の若ものの声はときに一ツに澄み、ときに三ツに乱れて続く。

素読だけなら何事もない、ただ楽しかったという想《おも》い出だけでしかないが、先生はあるとき父と妙な相談をしてしまい、それは実に愉快なものを永久に残してくれたのである。子供たちに浅草教育をしようというのである。横尾先生、日曜ともなれば十時頃から誘いに現われる。十徳を著込《きこ》み頭巾をいただき、左手《ゆんで》に信玄袋、右手《めて》に青貝ずりの三尺ほどな杖《つえ》をつき、その杖には御丁寧にも色褪《いろあ》せたる紅絹《もみ》が目標にと、ふわふわ結びつけてある。この杖を振りあげたら、そこが学問のしどころだと思えという。きょうだいは恐れをなしたが、はじまる相手じゃない。

その頃うちは向嶋に住んでいたから、浅草へ出るのは竹屋の渡しによるか、一銭蒸気に乗るか、人力《じんりき》か歩くかということになる。蒸気に乗る。墨壺屋のじいさんと一緒にいるのは、正直のところ余りどっとしないから、私達は離れて席を取る。じいさん、きょろきょろしているうちに、やがていやな風体の女ががやがや騒いでいるそばへ席を取って、例の青貝ずりをはでに振りまわしている。やむを得ない。が、二人とも何が学問のしどころなのかわからない。吾妻橋に著《つ》くとじいさんは、わかったかと聞く。「あいらあ地獄でさ、おもしろいことを話してたのに惜しいことしましたなあ」と笑った。きょうだいは、はじめて学問のしどころを悟った。

神谷《かみや》バー、電気ブラン、きんつば、雷おこし。おこしの原料は知ってるか、はじけ豆屋のねえさんの給料はいくらだ、玉乗り曲芸の一寸法師の年齢はいくつだ。伊勢勘のおもちゃ、「このすが凧《だこ》をよっく御覧なさい、どんなに小さかろうとも骨は巻き骨、ああいい細工だねえ」と詠歎《えいたん》し、私たちはただぽうっとした。鮨屋《すしや》横丁で昼をすませる。鮨をたべるのまで学問だ。ああやっちゃいけない、こうやっちゃ悪い、うまいとも恥かしいとも云っていられない。金車亭へ行く。混《こ》んでいる。その中をじいさんは、「御免よ御免よ」とことわりながら、人のあたっている火鉢《ひばち》なんか跨《また》いで行く。あとに続く私達はじろじろ見られるし、ほんとにやっとの思いで席に著いた。すわると、とたんに高座《こうざ》にいた人が、「御当今教育が発達して、葡萄茶袴《えびちゃばかま》に金ボタン、御規則通りの教育ばかりじゃ人間というものはできない。そこで種のちがうお嬢さん坊ちゃんが寄席へ来る。こりゃ併《しか》しよっぽど話のわかった親御さんだ」と云った。じいさんは、あたりかまわず大いに笑ってる。私は、くそったれ奴《め》とおこった。

それから、安来節《やすぎぶし》と看板の出ているところへ行った。いなせのような田舎くさいような扮装《ふんそう》の男が恥かしいほど、「いらっしゃい、へいいらっしゃい」と云った。場内は暗く舞台だけ明るく、ここも人が一杯だった。きょうだいは引率者の姿を見失った。困っていると、かぶりつきの処《ところ》に例の杖がにょっきり出て、赤いきれがひらめいている。二人はうしろの手すりにもたれて、うんざりした。ついて来ないとさとるとじいさんは、「坊ちゃんどうしたあ」とわめき出した。観念の眼をあけて舞台を見る私達をしたがえて、じいさんは専《もっぱ》ら満足の様子で、だんだんと興が乗って来るらしく自分も一緒になって、「あらえっさっさ」と囃《はや》す、「美人連々々」と手をたたく。舞台では赤い腰巻のあねさん冠《かぶ》りの美人連が踊っている。そのうち、一人が列を離れて舞台ばなに来た。見物は凄《すご》く陽気に騒ぐ。あっという間に赤い縮緬《ちりめん》は舞いあがり舞いさがり、白い丘陵のまぼろしは眼に胸に消え残ったまま幕は降り、怒濤《どとう》のような拍手に場内は明るくなった。私と弟と二人だけがへこたれきっていた。恐ろしい学問であった。

疲れて帰って、父に報告した。「おまえ、講釈は何を聞いて来た。」松平又七郎小牧山の初陣《ういじん》というのだったと、うろ覚えをむちゃくちゃにやる。「おもしろかったか。」「おもしろかった。」

「やって見ろ。」おもしろかったと云いながら、私は何も覚えていなかった。驚いたことには、困っている私を尻目《しりめ》にかけて父が、ずいずいのんのんと講釈師の通りにやりだした。じいさんは「今度は色物へお連れします」と云うし、父も「あれも一ト畠おもしろ味があるものだから行って来い」とすましている。安来節の話をすると、「銭太鼓《ぜにだいこ》を見たか」と来る。「あした糀町《こうじまち》の叔母のところへ行って、銭太鼓はいかなる階級に属する楽器か聞いて来い、そこが勉強だ」という。じいさんの帰ったあとで、私は恐る恐る、以後えっさっさは御免蒙《こうむ》りたいと申し出た。そして是非にも御免蒙りたいために、じいさんがかぶりつきで美人連と云って喜ぶ様子を誇張して訴えたが、父は、「ああしゃれ者だ」と云って笑った。それから何度か浅草学校へ行った。

約三十年も昔の話である。論語はいつの間にか忘れて、空《くう》にかえってしまった。銭太鼓も美人連も二度と私につながらなかった。しかし横尾安五郎先生、墨壺屋のじいさんの教えは、いまだに時々私によみがえって、この世学問のありどころを想いおこさせている。

ずぼんぼ

私たちきょうだいは籠《かご》の鳥であった。学校の時以外に塀《へい》の外との自由な友達遊びは許されていなかった。そのころの向嶋は田舎であったから、土一升金一升の町場の住いとはちがって、たとえ文字通りに蝸牛の庵であっても、いまわりはいくらかゆとりもあり、花の咲く草、実のなる木がありして、遊ぶたねに困らないが、いやなのは雨のふる日であった。

およそ子供が長い時間騒がないで、楽しく遊ぶということはできにくい。大概私たちはきょうだい喧嘩《げんか》をした。喧嘩には罰がある。両成敗である。かわり番こに父の小山のように肥《ふと》った脊中《せなか》を、とんとん叩《たた》かせられたり、また部屋の両隅《りょうすみ》に一人ずつ離れて端坐《たんざ》、無言の行をさせられる。こういうあとで父は、きまって一緒に遊んでくれる。「雨が降ってるから遊んでやる」と云われたのをおぼえている。が、何といっても晩酌《ばんしゃく》をして機《き》嫌《げん》よく遊んでくれるときが一番おもしろかった。弟はよく、「相撲」と云ってからみついた。父は前にした膳《ぜん》をちょっと脇《わき》へずらせてあぐらを組んだなり、「よいしょ」と手ばかりを動かした。それほどに私たちは小さく、しかもすでに母無し児《ご》であった。父に纏《まつ》わることは大歓喜である。

座には父と亡母の姉に当る人と私たちきょうだいと下女と五人がい、各自の前に台処づかいの粗末な番茶茶碗《ちゃわん》が伏せてある。

かまくらに　女が無いとて、
猿《さる》に小麦を　つかせた。
麦をついて　小麦をついて、
お手に豆が　九ツ。
九ツの豆を　見たらば、
親の在所《ざいしょ》が　恋しや。
恋しくば　たずね来て見よ、
信田《しのだ》の森の　うらみ葛《くず》の葉。

こういう唄《うた》をうたいながら、拍子《ひょうし》にあわせて茶碗は順繰りに隣へまわされる。唄が終って「よいよい」と手を拍《う》って茶碗を起す。底に墨のしるしがついているのに当った人は、芸をさせられる。簡単な遊びだが、茶碗を起すときに父のはずんだ懸け声に煽《あお》られて、私は顫《ふる》えるような感興を誘われた。

　さんざ遊んで伯母さんも下女も席を起ち、私は父の膝《ひざ》にもたれて唄っているうちに、子供の癖のなぜをはじめた。「なぜ女が無いの、なぜ猿に麦をつかせたの。」父の返辞は何もおぼえていない。ただ私の手のひらをあけて、「ここにまめができたんだ」と云ったのを記憶する。遊び疲れたせいか、うら悲しい唄の文句にわけもわからぬままにひきこまれたのか、母を恋うたのか、ずっとあとにもこの唄がどういう唄なのか訊《き》きただしたことがあったのだが、訊いたことはおぼえている癖に、その返辞は皆目おぼえに無い。

　幻燈を写してくれたのはいつの頃だったか、一緒にいたのが母の姉だったことから考えれば、八ツくらいの時ではないかとおもう。狸《たぬき》と兎《うさぎ》の話、猿蟹《さるかに》合戦で著色板の美しいものだった。云うまでもなく映写技師も説明者も父が兼ねていた。おむすびを取られて柿《かき》の種をもらった蟹が、如雨露《じょうろ》を鋏《はさみ》でささえている。柿の種は薄色《うすいろ》の土のなかに、ちゃんと透きとおって見えていたのを、おかしいと思ったのを覚えている。父は、「早く芽を出せ柿の種」と云った。原板をさしかえる毎《ごと》に、柿の木は簡単に二葉からぐっぐっと大きくなる。「大きくなあれかあきの木」と父が又云った。たちまち紅《あか》い実をつけた大木になる。私はここが一番気に入っていた。話は柿の実が熟してからの方が興味を惹《ひ》く筈《はず》なのに、私は唄《うた》うような調子にひどく心ひかれ、この場が大好きだった。父の晩年に筆記者として手伝いをしてくれた土橋さんが、あるとき「幻談」について話し、小旗本宅の情景に感じたと云ったところ、父は、「君はへんなところに感心する男だね」と笑っていたのを想《おも》いだす。私が猿蟹合戦全篇を通じて、大きくなあれの場が一番心に残っていると聞いたら、やはり「おまえはへんなやつだ」と云うかも知れないが、芽を出せと云われるとまっ青な二葉を出し、大きくなあれと云われるとすぐ枝を張った大木になって紅い実を一杯つけるその嬉《うれ》しさ、あるいは人とは感興が違うかも知れないが、いまも好きだ。朝顔や豆を蒔《ま》くことは、小学生のときの私のしごとになっていたが、スコップでちょいと土をほじって種を落しておくと、じきに芽が出て来る。私はいつも父の口調をまねて、ぶつぶつ云いながらやったのをおかしく思っている。若いきびきびした男がいて、ぬけ目なく活動していた。私は、「大きくなあれかあきの木」と云って、ともしいお小遣を割いてやった。男は、「何のことです」と変な顔をしていたが金を受けとった。父は、「幻燈みたようにそんなに都合よく大木にゃならないよ」と云ったので、私は父も幻燈を記憶に残していることを知った。

木ということからつながって、「あなたのお庭に木が何本」と訊く遊びがなつかしく想いだされる。私は「十本」と答える。父は「けちな庭だな」と云う。そして、「その木は?」と訊く。「梅の木。」「その木は?」「松の木。」「その木は?」「桜。」だんだん拍子に乗って、せわしく問いかけられる。辛《かろ》うじて答えきると、それから品評採点がはじまる。花の木ばかりでも青いものばかりでも、いやな庭と云われる。私は答えきれないことを恐れて、十本とか十五本とか云ったが、父はそれを悲しがった。多分何百本の庭のあるじにさせたかったんだろう。弟は調子に乗ることの得手《えて》なやつだったから、はじめから答えられないにきまっているくせに、「百本」などと云う。かれの返辞のしかたはきまっている。うちの庭をぐるぐる歩いて行くのである。茶の間・井戸端・玄関というように、身は父に対《むか》っているのに心は麻裏草履をつっかけて歩きだしているらしく、柿の木、桐《きり》の木とやり、夏は柿と桐の近くに唐もろこしを蒔くのが慣例だったので、桐の木の次にはトンモロコシの木とやる。私の場合はそれは通過しない答であるが、弟だと父は笑ってゆるす。かねてこれは私の癪《しゃく》に障るところだったが、あるとき弟は池のまわりをめぐって、がまの木、藺《い》の木など云い、ついに鮒《ふな》の木と云った。まったく馬鹿な返答をしたものだが、私がいま四十五歳の心をもってこれを観れば、「かわいいやつ」と云うよりほかないかれである。粗い絣《かすり》の筒袖《つつそで》、絞りの帯、小さい膝を正しく折って父の前にいるが、坊主頭は障子の方へ向いている。「その木は?」と追いかけられて、心は庭から庭へと辿《たど》る。おそらく父の心も下駄《げた》をはいていたろう。池にはかれの好きな鮒が群れている。鮒の木! 父はどんなにかわゆく思ったろう。父は老いてかれの墓標を書かなくてはならなかった。碧蓮院《へきれんいん》という戒名を父はかれに与えた。

私たちはまた花の御馳走《ごちそう》をやった。はじめは花をただちょん切って煮るまねなどしていたのだが、父は広葉《ひろは》ということばを教えてくれた。桐の葉のうえに赤い花黄色い花をたくみに塩梅《あんばい》して見せた。「ここにこれを置こうかな、いやいやこの花の方がいい」などと父は置いたりはずしたりして、工夫して見せてくれ、見ているうちに私はむんむんのぼせるような、そわそわした気持になった。弟はあっちの花こっちの花と材料蒐集《しゅうしゅう》のためにこき使われた。桐の一ト皿は私を夢中にした。わかっただったかれは、じきに飽きておこりだし、喧嘩になり、私はいらって物干で桐の木をひっぱたき、広葉のお皿をとった。豊富な材料を勝手につかうのに、いくつやっても私の製作品はもの足りなかった。けれども、やめる気にはならなかった。かつやが来て、「もう夕方だからあしたのことになさいまし」と云った。残り惜しかったが、おとなの命令である。幾皿もの料理をごみとして捨てなければならなかった。と、ごみの中にあった、さしみの一ト きれが、芙蓉《ふよう》の花びらが。「もう一度でいいから」と私は嘆願した。かつやは笑って、「一度だけね」と云った。私は竜《りゅう》のひげを挘《むし》った。著物でごしごし拭《ふ》いて沢《つや》を出した。おごのりのつもりだった。紅白の芙蓉がもぎとられた。日没とともに萎《な》えてしまうこの花は私の手に柔かく、自由だった。一ト ひらを柏餅《かしわもち》に折りまげ、山を順々に揃《そろ》えて七ひら、おごのりによせかけて置いた。第二列は白、第三列は紅、マーガレットが薬味の場処に置かれ、景気に篠竹《しのだけ》の葉があしらわれた。かつやがにこにこしている。お盆を貸してくれと頼んだ。捧《ささ》げて父のところへ行くと客がいた。ちょっと困ったが、すわってそれを父に見せた。「源平つくりわけか」と云われた。さがろうとすると、「折角の御馳走、お客さまにさしあげなさい」と云われた。漆山さんと、もう一人のあいだへそれをすすめると、質朴篤学《しつぼくとくがく》といわれる漆山さんは、ていねいにお辞儀をして、「お嬢さんはきっと今に料理ができます」と祝福してくれ、私は大満足だった。得意になった私は毎晩晩酌の膳へ、花のお皿をあげた。弟はできないものだから悔やしがって、ちいさい花の束をお膳の両隅へ立てかけ、父は酔って、「こう花の御供養《ごくよう》にあずかっては、おれは仏さまみたようだ」と大いに笑った。翌日かつやは、旦那さまが仏さまになっては大変だから、もうしてはいけないと云った。

　父にあげるのでなくては、もはや興味は薄れてしまう。しかし、新しい花が咲いたのを見ると私はまた御馳走をつくった。あるとき弟は、籠の鳥の身をそっと脱けだして、向うがわの家二軒へ花の料理を配って来た。かつて無い近処づきあいをした知慧《ちえ》を、かれは大威張りしていたが、お粗末というべきところを「おそうそさま」と云ったらしい。そのうえ、もう一ツ決定的な失敗をやっていた。花の御馳走と一緒にお盆を忘れて置いて来てしまったのである。そのお盆へは御返礼のほんもののお菓子を載せて返されたから、このことはまったく明白になってしまった。それ以後、その遊びを私はしない。のちに私は、ずっと父のお惣菜《そうざい》をこしらえたが、花の刺身ほど面目を施したような心持になったことは無い。

　お手玉もしてくれた。二ツの玉を交互に投げあげるやりかたは、おそろしくぶきっちよで、両足を踏みひらいて剣術でもするような構えだのに、「西条山は霧ふかし」とういうだけで、もう落した。そして、「お手玉の拵《こしら》えかたが悪いからだ」と私のせいにする。三角のや俵のや平たいのや、いろいろつくったが、どれでやっても父は相変らず非常にまずかった。だからいつも私が勝った。

おはじきは今のようなガラス玉でなくて、きしゃごであった。父の手はずんぐりした形だったが、敏活で力があった。せせこましく込んだところも、やつあたりをしないし、畳一枚を離れたところへぴちりと当てることなどは得意であった。しまいには、「どこまではじく力があるか」などという競争になって、部屋中きしゃごだらけに散らかして騒いだ。「指はしっかり確かでなくちゃ何をしても上手にはなれない」と始終云われた。

私は、「白木屋のおこまさん才三さん」という鞠《まり》つき唄をうたった。「そんなのよりもっといいのを教えてやる」という。

わしのお手鞠　絹糸かがり、
つけばよごれる　たばえばかびる、
川へ流せば　柳にとまる、
柳きりたや　鎌《かま》ほしや。

というのだが、なんだかおもしろくなくて嫌《きら》いだった。父は大変いいんだと云って、無理にやらせた。まったくこういうときに父は押し強くて、いやということを認めてくれなかった。鞠はわざわざ浅草のどこかへ註文《ちゅうもん》して糸かがりのを買ってくれたが、しんまで糸でできているのだそうで重くてちっともはずまない。それでも「ゴム鞠よりはずっといいのだ」と、自分ばかり威張っている。私は赤くいろどってある、天井まではずむゴム鞠がほしいのに、ほんとにうらめしい思いがした。

「かか出ろ、とと出ろ」というのもやった。のちに、これは芸妓《げいぎ》幇間《ほうかん》にさせる遊びだと聞いた。小屏風《びょうぶ》の蔭《かげ》に男女二人がいて、命令する人はこっち側にいる。とと出ろと云えば男は屏風の上に顔を出さなくてはならない、かか出ろと云えば女が首を出す。単純なようでも命令はややこしくだんだん早まに云われる。「かかひっこまずとと出ろ」とか、「ととひっこみかか出ずとと出ろ」なぞと来る。それが際限無くつづいては、ごっちゃになって私と弟は立ったりすわったりころげたりした。これは二度目のははが来てからは禁止されてしまった。

同工異曲だが、へり踏みの方は弾圧されなかったから、ずっとあとまで遊んだ。畳のへりを踏んでする鬼ごっこである。父の音頭にしたがって私が逃げ、弟が追いかける。「へり踏んだり、踏まなんだり、踏んだり踏んだり踏まなんだり。」摑《つか》まえる摑まえないにかかわらず、命令をはずせば鬼にされる。雨の日はこうして、どてばた遊んだ。この遊びは学校なかまには通用しない。友だちではちっともおもしろくなく、父がいなくては断然つまらなかった。

どたばた騒ぎのなかでは、ずぼんぼが最も子供たちに人気があった。これはとってきの遊びで、ふだんはやらない。半紙一杯に父は変な顔をかいた。目がぎょろぎょろした、間のぬけた絵である。四隅に一寸幅の長い足を貼《は》りつけ、さきには一銭銅貨を沈子《おもり》に入れる。これがずぼんぼである。人々は円坐し、おのおの団扇《うちわ》をもってこれを煽ぐ。四方から煽がれて、ずぼんぼは立ちあがる。風というものは実に咄嗟《とっさ》に不思議な方向に流れるものである。ずぼんぼは下等な顔をふくらませたり皺《しわ》よせたりして、重い足をひきずりながら、ずるずるぴたっと貼りついて来たりする。これに取っつかれた人は負けである。

ずぼんぼや　ずぼんぼや、
ずぼんぼ腹立ちゃ　つら憎や、
池のどん亀　なりゃこそ、
ささの相手に、ヤレコレずぼんぼや。

しまいには拍子も調子もなく煽ぐ。ずぼんぼはきょろっとしているのに、遂《つい》に渋団扇はあえなき最期を見せるのである。これも酒間の遊びであろう。

しずかに遊ぶには将棋盤を持ちだして、振り将棋・飛び将棋をする。相手を正規の通路から退かせて進むどけ将棋、父は憎らしく、「どけえ」と云って横風《おうふう》な様子をする。私は悔やしさにのぼせあがってかかって行く。将棋盤は父の大事な物だのに、子供にはかなわなかったものと見える。遊んだあとは丁寧に鬱金《うこん》のきれで馬子《こま》を拭かせられた。父の晩酌は話し相手も無く、ほんとの一人きりであったから、弟が早く寝てしまったときなどは、さみしくなってしまう。弟が勝手気ままにふるまうと、やっとその尾についてはしゃぎだせるのであった。ちいさいときから私は人に、父にさえも遠慮というか憚《はばか》りというかそんな気風があって、すなおにあまえることができなかった。弟が早くから眠がるときは、父も黙りこみ私も一人ぽっちになる。こういうときが難儀なのである。将棋盤は膳とならべられて置かれ一人将棋がはじまり、私には小ぎたない定跡《じょうせき》の本が授けられる。序盤は私が読んで行くが、中盤に入ってそろそろ荒れてくると、父の方が何々の歩《ふ》だろうとか何々の金だろうなどと当てにかかる。長々と思案してものも云わない。折角の台処の心づくしも無にして、さかなも冷えるにまかせ、ただ盃ばかりをふくむ。ゆるく打ちあわせた襟《えり》から見える胸は、酒やけで赤く、蛙《かえる》のおなかのような肥《ふと》った腹だった。盤に心をうちこんでいるのは瞼《まぶた》の張りかたにわかる。「盤の裏にある刻み目は、勝負に対して無礼だった者を討ったときに首を据《す》える座だ」と、いつの間にか小耳にして恐れていたから、将棋そのものを敬遠したいところへ持って来て、父の陰気な鋭い顔に対いあって、いやとも云えない悲しさ、まったく難儀なことであった。この相手はたびたびさせられた。幼くて、わびしいなどということを知るよしも無いが、いま思ってみてもうなだれるような空気を感じる。十四五のころ、たしなみ・楽しみのために「馬《こ》子《ま》道《みち》くらいは明けておかなくては」と教えてくれようとしたが、勇を鼓してはっきりいやだとことわった。変な顔をしたが父は強《し》いなかった。

将棋にひきかえトランプは賑《にぎ》やかだった。私はきしゃごをどっさり持っていたから、それを賭《か》けて遊んだ。二十一というやりかたで、かけひきの多いものであった。トランプ五十二枚、みな数をもって成り立っている。数の組みあわせと運というようなことは、もっとも父の好むところであり、かけひきを要するところから多分に演劇的な言動で精神的に操る。子供たちは一ㇳたまりも無く術中に陥る。それがまた魅力でもあった。父は自分の札をスペードのエースと思わせて大芝居をして見せる。「なんだ文子の親か、あいつは細長いからだでかまぎっちょに似ているから鎖鎌《くさりがま》でひっかけるかもしれないが、待てよ、運勢を見る」と天文を観るふりで天井を仰ぎ、「ああ、かわいそうだがこりゃおれが」と自分のきしゃごに手をかけて慎重に考え、「よし」とばかりに出陣の意気をひらめかせ、「向うがかまぎっちょならこっちはすっきり蜻蛉軍《とんぼぐん》と行くか。やんま大将軍だ、驚くな。そーら第一陣、麦わらとんぼ軍、あーりゃあじんじんひィふゥみィよォ」と十個を一列横隊にならべる。「第二陣、塩辛とんぼ軍、あーりゃあじんじん。」これも十個。「第三陣は赤備え、赤とんぼ軍、あーりゃああーりゃあ。どうだ大将軍に恐れてかまぎっちょ引っこむか、降参しないか。」弟は自分に災いしないことだから、「凄《すご》い勢いだなあ、ア子ちゃんもうだめだよ」と、いたって呑気《のんき》に云いだすから癪に障る。しかし、強がっても私の坐蒲団《ざぶとん》の下に忍ばせた財産はまことに手薄であるし、札はつまらない平札である。「勝負」と云ってめいめい伏せた札を出すときの気持、見るより早く私は歓声をあげる。役札どころか、私同様平札なのである。三列のとんぼ軍は私の金庫におさまるが、緊張の消耗は液滴となって出たがる。已《や》むを得ず私は暫時《しばらく》、くさきのある処へ籠《こも》らねばならないのが例であった。

それから十何年、二十五歳になった私は、近々に結婚の日をひかえていた。当時としては大《だい》ぶ晩《おそ》い縁づきようで、おとしよりの歯にさわると蔭口される、薹《とう》のたった嫁菜であった。それは自分でもむしろ進んで是認していたくらいで、一応のところはまず薹のたったただけの確かさは見せかけていた。結婚の晩に地震火事が突発したとて、みごと捌《さば》いてみせるくらいな己惚《うぬぼ》れは自分ももち、ひとも認めていた。ところが、一歩なかへはいれば実はひかげの草のようなひ弱い気持がよたよたしていた。父のようなきつい男を楯《たて》に、守られて暮した経験しかもたない私だったから、結婚をチャンスにしてはじめてぼんやり人生の不安に気づいたとでもいうのだろうか、結婚は純粋によろこびと感謝であったのに、漠《ばく》とした恐怖をともなっている。私はものを思わないわけには行かなかった。一日の雑務を終って床に就くと、胸のなかには新生活の楽しさと摑《つか》みどころの無いおびえが闘った。毎夜、床にすわって眠くなるまでトランプの占いをした。強気《つよき》な表づらとひ弱な内心とは、トランプの一片一片にもてあそばれ、右に揺れ左にかしぎ、人の見ていぬ部屋ではそれが文子の正直なすがたであった。

はっとした。父がその部屋の廊下を歩いて行く。二階からはばかりへ降りて来たのに気もつかなかったほど、心は宙に浮いていた。にわかにあかりを消して寝たふりをすることもならず、赤い札黒い札を取りちらしたまま、じっとしていた。手を浄《きよ》めて父は声をかけた。「どうした眠れないか。」そこへ腰をおろし、組みあわせて立てた両足を両手にかかえて、しずかにものを云う。「おまえはこわがっているのだろう。おびえる事があるのなら云ってごらん、おれが助言してやる。」云うべきことは何も無かった。「おまえ、学生の時分に聖書を読んでいたじゃないか。檜《のき》の小雀《こすずめ》の話はどうした？　空《くう》に惑いわずらうのは愚かだ、人生何にでも会ってみるがいい。抵抗力というものはぶつかって出る。痛いのは御定法《ごじょうほう》だ」というようなことを話した。真冬でも寝巻はゆかた一枚の人である。「寒くなった、おまえも安心してお休み。」私は父のつめたそうな足指を見つめて、手をついた。思いだす、ちょうど今ごろ、十一月のなかば過ぎ、私自身は床の上にい、父は坐蒲団も無しのゆかたをじかであった。

翌日私は父から和歌一首を貰《もら》った。しらいとの、いざ身を惜む、という詞《ことば》をおぼえているが、どう続いていたのか、まるで忘れてしまっている。いつ忘れたのかもわからない。

私の夫は、私がトランプ遊びを嫌いなのだと思っていたという。

私の十六七のころは父はもう五十三四になっているが、よく歌がるたを一緒にして遊んだ。老眼であるから、そこは眼鏡の悲しさ、手もとにある札でも眼鏡の範囲からちょっとでも外ならもう見えない。記憶は確かなのに眼はうろうろする。札を浚《さら》って行く若い手の甲をぴしりと一ツくれて、「この巾著切め《きんちやくきり》」と悔やしがる。そして、「おれのところにあったと云ったらもう事を果したと同じだから、おまえらは手をつけちゃいけない」と、勝手なことを主張して笑わせる。とても敵《かな》わないとおもったので、つぎには唐詩選のかるたを持ちだした。これには青年組が総退却をし、父は父で読んで行くうちにだんだん興に乗って吟じだしてしまうというわけで、これはまるで勝負にならなかった。

うろぬけ声といって、中ごろの調子のところの音量が足りないたちなのだそうで、すこし大声《おおごえ》をするとその部分は割れたりかすれたりする。したがって吟じかたは今ラジオで聴くものなどとは大ぶ違って、高・低音を張り中ほどは極端に調節する、それだけでもアクセントの強いものになるのに、そのうえ詩の内容に触れる情が恐らくは非常に鋭敏なためらしく、時に激発して声はふさがれてしまう。このときは大抵満面紅潮して片手に膝《ひざ》を拍《う》っている。前後左右にからだはゆらぎ、目がしらから鼻を伝って流れる涙を見ることはしばしばである。あるとき真昼間、酔も無しにひとり感動しているので、見なれた姿ではあるがあまりのことに私も祈りたいような気になって、何の詩かと訊《き》いた。父は大いに喜んだらしく話しだした。それは山の中の寂然とした景色らしく、まったくの叙景であり、私の期待した人の情めかしきものは何も無かった。今はもう父がどんな言語をもってそれを語ったか思いだせないけれど、そのとき父の興じているものは一ト刷毛《はけ》、ありやなしやの色を刷いたものというような感じをうけとっただけは忘れずにいる。誰の詩か無論知らない。ただ山の中の景色とだけ。

父の詩吟の姿はあまりに感情がむきだしになっていすぎて、私の想《おも》い出に楽しいものではない。むかし父は支那浪人とあだ名されたと聞くが、うなずけないでもない姿である。

著物《きもの》

一ト目で父母のあいだの険しい空気が読みとれたが、そんなことには自然と訓練されて来ていたから、私は何気無く学校帰りの挨拶《あいさつ》をした。押入の唐紙は大きく口を明け放し、そこに嵌《は》めこみになった箪笥《たんす》の抽斗《ひきだし》はちょうど舌でも出したように抜きだしたままになっている。引きのしござの上には羽織と袴《はかま》が出ている、という乱雑のなかで、父は帯無しの変なすがたで煙草《たばこ》を呑《の》んでいるし、ははは著物をひろげて針を持っている。とげとげしい遣《や》り取りのあとらしい無言をつつんで、夕闇《ゆうやみ》は外よりもかえってうちの中から、もやもやと濃くなりはじめていた。電燈はまだつかなかった。「障子明けて頂戴《ちょうだい》。」云われて私の起《た》つより早く、父の声が走った。「かぜを引かす気か。」ふたたび沈黙が来た。どういう間違いか上著が二寸も長くできあがっていて、まるで引擦って著られないので、急場の間にあわせに打ちあげをしているのである。針を置くとははは、ものも云わず立って行ってしまった。残された私はしかたなく、下著に重ねて父へ著せかけた。まずいことに、あげはしどころが悪くて袴の下に隠れず、ふとった父の腹を巻いて蛇《へび》ののたくったような見ぐるしい針目が走っていた。電気がついた。紋附に袴というだけにみじめであった。あかりの下に立ったままの父は、裄《ゆき》の不揃《ふぞろ》いな袖《そで》を張ってわれとわが姿を見まわしていたが突然、「文子」ときつく呼んで、「おぼえておけ、おまえのおっかさんにこういうとんちきは無かった」と云った。裄は上著・下著・襦袢《じゅばん》という順に、お雛様《ひなさま》のようにだんだんとはみ出している。「出針《でばり》か！　云ったとてはじまるものじゃなかった」と、袴の音をさせて出て行く足袋が白かった。

どういう会なのか知らないけれど、隠しようも無い腰揚げの著物で煌々《こうこう》たる燈《ひ》のもとにいるであろう父の姿をおもっては、かわいそうさ、気の毒さでたまらなかった。感じ易《やす》い年ごろでもあったから、この事件は豁然《かつぜん》と私の目を明けた。著物に対して新しい心構えをもち、なんでも平気で著こなしてやれという気になった。私はおもしろい方法を教わった。持っているだけのすくない著物じゃ、いくら工夫したって狭い、ひろく著てみろということで、見る人毎《ごと》の衣裳《いしょう》をそっくり頂戴して自分に著てみたと想像するのである。腰衣の小坊主、毒消し売りの紺絣《こんがすり》、前垂《まえだれ》のおかみさん、白い看護婦、黒襟《くろえり》の姐《ねえ》さん、無地お召の御隠居ばあさん、自分の著物として考えれば自然見かたも丁寧になって、得るところは実に多かった。いままで等閑にしていたものにそれぞれの美しさがあり、美には又それぞれの気質《かたぎ》というものがあるらしく思えた。扮装《ふんそう》の想像は楽しいものであった。

　そのころ叔母の演奏会やおさらい会はなかなか盛んなものであって、振袖と宝石と香料と花はあふれていた。色褪《いろあ》せたとろめんの一張羅でその席へ出ることは、父の丸揚げの著物一件に感じて以来、そうひどく私の神経をこするものでもなくなったが、なんといっても持てるものへの片意地な、そげた気持が底流れしていて、とかく批判的な眼になりがちだった。が、また一方、それらの豊かな人のなかには実に美しい佳人もあって心ひかれた。こういう立派な衣裳も例の通りにそっくりわがものとして考えてみたが、どういう加減なのか、百姓娘として考える自分ほど気易くなかった。もの足りない私はどうかして大令嬢になりたくて、いつもその日に見た目ぼしい人の様子を父に報告し、父はきまって私の話す人や衣裳をモデルにして、早速それに感情を与え事件を添え風物を配して、解剖し成長させて示してくれた。これをくりかえしているうちに、だんだんと豪勢な著物のよさにも融和して行くことができた。おそらく父の方はもっといろいろにして教えたかったのだろうが、聴き手は私だったから組織的なことは何もおぼえていない。それに父という人が大体、自分の好む話に興が乗ると相手かまわぬ勝手法界なしゃべりかたをする悪い癖をもっている。縫いもしぼりも麻も緞子《どんす》もごっちゃまぜに話すから、あとになると時代も国別も一緒になってぼうっとしている。その上ふざけるのである。末摘花《すえつむはな》を帳場格子《ごうし》にすわらせたり、クレオパトラに元禄《げんろく》小袖を著せたり、小春を妓生《キーサン》じたてにしたり、なんにもおぼえていない方があたりまえのような気もする。

ちいさいとき、私はあらゆる色の濃淡をまぜた屑織《くずおり》の袷《あわせ》を著せられた。それを著ると、きっと小梅のお茶屋の姐さんたちに褒《ほ》められた。たて糸の弱いもので、おしりや膝《ひざ》が横裂けして、わたわたになったとき父は、「これからがこの著物の命なのだが、まだおまえはあんまり小さすぎる。もっと年をとると、ぼろを著てみようという気が出るものだが」と云ったので私は驚いた。父は蝦夷《えぞ》模様を「なぜ下町にはやらないだろう」と云っていたが、十六七のころ、誰がさがして来たのか大柄《おおがら》の蝦夷模様のゆかたを貰《もら》った。これを裾《すそ》短かに著て、男物のような手製の帯を締めて、得々とアイヌ気取りでいたことがある。

あとにもさきにもたった一度、父が自ら択《えら》みみずから代を払って買ってくれた著物がある。格子の八丈である。襟をかけたがよかろうと云われ、それでは髪も女学生のではいけまいと銀杏《いちょう》がえしにして精一杯きどってみたが、「折角のこしらえもせりふづけがいけない、もちっときりきりしゃべってもらいたい。ああですこうですいやだわよじゃ著物が泣く」と云われた。嬉《うれ》しさも忘れられないが、もっと忘れられないのはこのときの父のことばである。「どんな高慢な女でも一生一度はきっとどっかで我《が》を折らずにはいられないような男にも逢《あ》うだろうし、どんな醜い女でもよく似あったと云われる著物にめぐりあいもしようじゃないか」と云ったのである。十九といえば花盛り、父の云うことがほんとなら、自分も嬉しくひとにも褒められるこの著物を著ている今、しんそこ惚《ほ》れて惚れられる相手に行きあたりたいものだと待ったが、とうとう恋よりさきに著物は幾度の水をくぐって窶《やつ》れ、私もあだに薹《とう》がたって逝《ゆ》く春を悲しんだのは口惜《くや》しい限りであった。

縁づく支度をするときには父に呼ばれ、ひとに頼るな、介添を頼めばははの手前に角が立つ、一人でしろと云いつけられた。途方に暮れた。恥かしいが私は一度も婚礼に招かれたことが無く、嫁さんの著物というのを見たことも無かった。「呉服屋の番頭はおまえより知慧《ちえ》がある筈《はず》だから、お頼み申すとやれ」と云うので、高島屋の御婚礼衣裳承り所というのへ行って、勇敢に一切をぶちまけた。物馴《ものな》れた番頭は一人ぽっちの花嫁を飲みこんでいささかも顔色を変えなかったけれど、「御予算は?」と訊《き》いて、「父は勝手に金をつかってみろと云いました」という返辞には考えこんでしまった。早速幾通りかの振袖と一緒に借家の蝸牛庵《かぎゅうあん》へやって来た彼は、父に会って婚礼衣裳はそっちのけで、古い裂《きれ》、新しい機《はた》について質問攻めにされてしまっている。父の愛と番頭殿の苦心に成る、身に過ぎた晴れ著に飾られて家を離れて二ヶ月三月、早くもうき世のあらしに揉《も》まれて人情のかなしさに落胆し、三年四年とたつころは商運の下り阪《ざか》に世話女房の悪あがきをやって、この振袖も丸帯も幾度やりくりの蔵座敷に出はいりしたか知れないが、ついに値《ね》になる帯はどっかへ流れて消えた。

そうなるともう体面をかまっていられぬ、みっともない八百屋さかな屋の借金を父に済《な》させて引越である。使いなれた小女《こおんな》に払う給料がぎりぎり一杯、褒美《ほうび》にも礼にもかずけるものは何も無い。黒い羽織も手綱染《たづなぞめ》の襦袢も著ぐるみ脱いでやったら、この子は顔を埋めて、「奥様あたたこうございます」と涙をこぼして別れを云った。おかしいことにはこの著物はお召のかつお縞、人生のよろけ縞ややけのやたら縞なら話にもなるが、何に勝つのかかつお縞《じま》とは。父はこの話を女中同士に伝え聞いて、「馬鹿めが、かわいそうに、その根性が直らぬうちは金を持てまい」と苦りきって云ったという。そして私は六韜三略《りくとうさんりゃく》一巻を授かり受け、わびしい間借りの窓に二宮尊徳伝虎の巻を読まされて閉口した。やはりこの時分、父は「汝におあかつきを賜わる」と云って、自分のぼろをくれた。著ないわけには行かぬ。まっ黒けな男物はすこし情なかったが、見る人は、「やあ鮮やかだ」と云った。そのうち身代はいよいよ決著の処《ところ》へ来て、私も酒の小売をはじめた。主人の母は景品残りの四季施縞《しきせじま》をくれた。これも著ないわけには行かぬ。ふくれっ面《つら》にしぶしぶ小僧の著物を著て父の前へ出たら、慰めてくれるどころか、「さすがは新川《しんかわ》、腐っても鯛《たい》、唐桟《とうざん》とは渋い渋い」と大笑いに笑われた。

まだ私の処もどうやら暮していた時分に、父の処にまっ正直な、顔も美しい女中がいた。虫干しのところへ来あわせて、桜の花の訪問著に心を惹《ひ》かれたようだったが、晩酌《ばんしゃく》の給仕をしていてふと、「うらやましい」と云ったのだそうな。一杯機嫌《きげん》の父は、「文子の前へすわってお辞儀をしてみな、きっとくれる。」「まさか?」「いや、おれがそうしつけておいたんだから間違いは無い」とけしかけた。私はびっくりした。お燗《かん》も給仕もほうり出して来たと、きまじめに平伏されては已《や》むを得ない。見ていたうちの女中たちもただでは納まらない。羽織も帯もおのおのの行李《こうり》へ住みかえをした。翌日、私は父へ逆襲した。おかしさをこらえたという顔つきで父は、「おりゃ知らないよ、著物なんぞは亭主か色男にねだるもんさ」と澄まして、わざと自分から茶を汲《く》んでくれた。この女《ひと》はもう三人の子の母になって、去年の春はるばる越後の親不知《おやしらず》から上京し、主人と二人して父を見舞ってくれ、また葬送の日にも骨を惜《お》しまぬ手伝いをしてくれた。かつお縞の子も亦《また》、ずっと便りを欠かさずにたずねてくれ、今はよい家庭に母となっている。

亡《な》くなる幾月か前である。「どうやらおまえも著物にゃ抜けたようだ。あとは紙衣《かみこ》だが、それまでしゃれるには及ばない。おまえいくつになったかい。」「四十四。」「どうれで甲羅経たもんだ。それじゃもう赤い友禅を著せられてもおかしくもあるまいし、片身がわりのぼろも似あうだろ」と笑った。屑織の著物が鮮やかに胸によみがえった。道ぐさを食ってるうちに日が暮れかけた。あわててあっちへころび、こっちへこけ、折角よごれなく産みつけてもらった著物は泥《どろ》ぼっけになったが、よごれを見れば父のなさけが身に沁《し》みる。さんざん御心配をおかけして、かんべんしてくださいお父さん。もうすぐ一周忌が来ようとしている。しみじみと懐《なつ》かしい。

正月記

正月というものを、私はちいさいときから楽しいものとばかりはうけとっていなかった。楽しいことのかずかずはたしかにあったが、家のなかの空気はいわば警戒警報下のような不安な状態にあった。爆源はいつも父だったのである。毎年、元日というときまって父は余計気むずかしくなった。新しい楊枝《ようじ》手拭《てぬぐい》を持って、凍った井戸端にポンプを押す。ふわりと煙のあがる水はあたたかだった。白襟《しろえり》に黒木綿の紋つき、よそ行きの袴《はかま》。ななこ紋つきの羽織に仙台平《せんだいひら》の袴の弟と二人、つれだって客間の障子を畏《おそ》る畏るすわって明けると、父が厳《いかめ》しい様子で納まっている。これからが第一公式ではじまるのである。いつもの炉のまえの主人の座でなく、床《とこ》近い客の座に客用の手焙《てあぶ》りに凭《よ》って、妙によそよそしく父がいる。精一杯の声を出して私は、「おめでとうございます」と云う。弟も同じく馬鹿声を張りあげる。語尾のはっきりしない挨拶《あいさつ》を父は常に刎《は》ねつける。低い声で口の中でもにゃもにゃ云ったりすれば、もう一度やらされる。祝儀《しゅうぎ》となればなおさらである。「つぶやくごとき祝賀の辞などというものは何の作法の本にも無い」と云う。

そんないいぐさを覚えたのはずっとあとであるけれど、子供のときはただ叱《しか》られるのがこわさに、むやみに大声をあげさえすればよいと思っていたのだが、いくら子供だって馬鹿調子を張りあげることには、いささか恥かしい間の悪さをかんじていた。

父、弟、私、ははの順に膳《ぜん》が配られるのを待って、私だけが起《た》って通い口に一旦著坐《いったんちゃくざ》、一礼、おもむろに八畳のまんなかを床前へ行く。床にある屠蘇《とそ》の道具の蔽《おお》いを払って、広蓋《ひろぶた》ごと父のまえに捧《ささ》げる。屠蘇の道具は皆塗り物だった。蠟色《ろいろ》、内朱《うちしゅ》の銚子《ちょうし》、朱、三ッ組蒔絵《まきえ》の盃《さかずき》、高足の盃台、父は元朝《がんちょう》に過ちあらせまいとしてうちまもるのだろうが、私はその眼をからだ中に意識し、あたかも意地悪くあら捜しをされているように感じ、薄著《うすぎ》の寒さと緊張の極とで一ト足ごとにがたがたと顫《ふる》えた。この給仕のあいだに粗相をしなければ、まずは無事に私の責任のようなものが果されたわけなのだ。私は一しょう懸命だったが、この種の誇張した式作法から来る緊張の裏づけになっているものは、たまらない滑稽《こっけい》としらじらしい悲哀であった。敏感な弟はかしこまった空気をちゃんと心得ているくせに、滑稽を決して見のがさなかった。自分に盃がまわって来ると堪えられないで、かれは小さい坊主頭を傾けて失笑した。笑いは感染する。私はもっとひどく顫えだす。一番おしまいに私にはははが酌《しゃく》をしてくれた。

村の小学校は霜どけで泥《どろ》んこだったが、うちの客間の空気から脱けだした私は、リボンをふりたてて飛びはね、大元気で、「祝う今日こそめでたけれ」と唱《うた》った。紅白のお菓子と蜜柑《みかん》を貰《もら》って帰る頃は、父は炉の前にいて年賀の客を受けている。来客には例外無しに膳を出す。台処は能力のかぎりを発揮し、お燗《かん》徳利は袴著たり脱いだりの忙《せわ》しさ。「文ちゃん、ちょいとこれお座敷へ持って行って頂戴《ちょうだい》」と云われてしまえば、もうおしまいである。台処から次々に赤い通い盆に皿や小鉢《こばち》が渡され、座敷からは次々に空いた椀《わん》や徳利が返される。粗相をせぬこと、邪魔にならぬこと、始終気をつけていることが、給仕の第一課であるが、それより何より私の第一に気をつけて見ることは、父が快く酔うているかどうかであった。もし酒が浮いていないときは、朝の屠蘇のときよりもっと用心しなくてはならない。給仕そのものの不手際《ふてぎわ》はもとより、台処の責任であるべき肴《さかな》の取りあわせの小言まで、私がひきうけさせられる。いかにひねくれた物言いをされても堪えていなくてはいけない。べそを搔《か》くことはいよいよ酒をいらだたせるに役立つとは、小学二年のころにすでに経験から知らされていた。

朝から来客のとだえる間が無く、相手かわれど主《あるじ》はひとり、まったくの一日酒びたしのこともあったが、父は遊んでもくれた。弟には紙鳶《たこ》をあげてやり、私には羽根をついて白粉《おしろい》をつけられ、夜は犬も歩けばのいろは歌留多、家族合せには易者岩津友当氏の娘を捜してもくれ、双六《すごろく》の上りにふんだんなお菓子も出す。総じて父の一枚加わった遊びは活気づいたものだったが、酔ったとなると、それは面白さのてっぺんだった。その感動を今しいて詞《ことば》にすれば、陶酔的発揚とでもいうほかは無い。

＊

十六七は、もっぱら家事にしたがわせられていた。それまでいた一人の女中は廃止された。経済のためにも、家庭の内幕が近処へひろめられるのを防ぐためでもあったが、父はこのチャンスを利用して私に徹底的に家事全般を修得させたいからと云った。家事に追われるというのは何と惨《みじ》めなことで、家事はこちらが先手《せんて》になって追いまくるべきものだと云う。自分を豊かにし楽しくするために女はもっと勉強しなくてはいけない。能力と労力を挙げて本気に家事を処理すれば、勉強の時間は恐らく必ず得られる、これは父の母、私の祖母からの流儀なのだ。つまり家事なぞは片手間にやってしまえるようでなくてはいけない、というのであった。理想を素直にうけいれる若い齢《とし》であったから、もちろん私はその意気でやって見たのであったが、どうしてそんなにたやすくは行かない。ことに酒飲みの正月などというものに、女の手の明く時間は得られなかった。父はこれが残念だというより、むしろ癪《しゃく》に障ると見えて、いろいろ指図した。オードヴルのように冷たくて出せるもの、火を入れるたびにうまくなるものを、みそか大みそかにかかりきって用意させられ、「これで何でも大騒ぎにとばくさしないでも済む」というわけだが、元来父は酒が大好きなのだし、相手は次々とやって来るから、一旦飲みはじめるともう、女の時間をセーヴしてやることなんかまるで忘れてしまうらしい。「酒飲みはものをむしゃむしゃ食うことはいらない、気持よく飲ませさえすればよい」と、これも口では簡単なことを云って聞かせるが、なかなかの健啖家《けんたんか》の父であって、こんなことを正直に、食べものの用意はいらないかなどと受けとっていては、その場になって四苦八苦しなくてはならないのである。保存食品で事足ると言明した父は、その皿を明けると次には、いま料《りょう》って鍋《なべ》から揚げたという新鮮な皿を欲しがった。時間にも労力にもきりは無い。まことに人の欲求というものは涯《はて》し無く、しかも無情であると、不平を通り越して諦《あきら》め悟った私は、油障子に凭《よ》りかかって、台処の憂愁を身にしみて味わった。

からすみ、雲丹《うに》、このわた、紅葉子《もみじこ》、はららご、カヴィヤ、鮭《さけ》のスモーク、チーズ、タン、いろいろなピクルスが棚《たな》を占領し、おきまりの口取、数の子、野菜の甘煮《うまに》、豆のいろいろ、ゆばに菊のり、生椎茸《なまじいたけ》、鮎《あゆ》の煮びたし、雉《きじ》の味噌漬《みそづけ》、だしはやかましくて鰹節《かつお》・昆布《こんぶ》・鶏骨《とり》と揃《そろ》え、油は胡麻《ごま》・椿《つばき》・ヘット・鳥と備え、これらを生かす大切な薬味類がととのっていた。私が何より辛《つら》いとおもったのは牛のタンだった。どさりと重いその肉塊は舌特有の皮に蔽われ、生きていた時のぬるぬるを思えば、塩で浄《きよ》めているその手が顫えた。これは父の好む正月の前菜の一ツなので、欠かせないものだった。この気味悪さにくらべれば、粉雪のちらつく井戸端で生きてる鮒《ふな》や鯊《はぜ》をおろすくらいは、いやだと泣いても絵になる優しさだが、まだら牛だったのか横腹に薄墨色の斑《ぶち》などのある舌を摑《つか》んだおどろおどろしさは、涙の出るどころではない無気味さだった。飲み物は、ウィスキーは択《よ》り好みをして浅草の山屋、銀座の明治屋・亀屋へ自身で行ったが、多くは清酒を用いた。この頃は毎歳暮、大倉喜八郎さんから四斗樽《しとだる》を贈られた。銘柄《めいがら》は忘れた。

一生を通じてその頃の父が、私に一番きびしい時代であったと思う。どうしてああ正月というと余計いらつくのだか、改まるというので緊張する結果なのか、毎日の深酒で糖尿病が悪化するせいなのか、それとも私の方が忙《せわ》しさにのぼせて、どじばかり踏むのか、なんだか知らないが、私は正月の無いことを願った覚えがある。客の前で重詰を取りわけさせられたときのことなど忘れられない。お重に詰めたものはまずくなるから、いつもは口取や三ッ物など、台処で盛りつけて出すのであったが、そのときは客の見ている前でやらせられた。布巾《ふきん》の捌《さば》きよう、箸《はし》の扱いよう、一々意に満たないらしく小言である。小言を聴くとなおさらに縮みあがって、うじうじと小ぎたならしくなった。客は誰だったか覚えが無い。やっとのことで引きさがろうとすると、どっこい待った、それから一講はじまったのである。何とかの大皿に余る目の下いくらとかの大鯛《おおだい》、庖丁《ほうちょう》はさすが某《なにがし》と云われる冴《さ》えた腕、どうしてこれをと思わせる焼き目の匂《にお》わしさ、尾鰭《おひれ》胸鰭《むなびれ》いさぎよく、取合せのむき物よせ物、「さあこれをどうする。」裾《すそ》をひいた黒い著物に白襟、繊手《せんしゅ》にとる青竹の箸、「ああみごとなものだった。これがおまえ、ただの芸者だよ。」私は畏れ入った恰好《かっこう》をしていたが、そういう父の意地悪には閉口しなかった。キリスト教の学校じゃ真魚箸《まなばし》の遣いかたは教えはしない。槃特《はんどく》だってしまいにゃ覚えた。

教えてくれりゃ文子だって、なに新橋の芸者に劣るものか。謙遜《けんそん》でないからこそ、そういう教えかたもされるとは、気づかないほど私はしなやかでないたちだった。台処業務の出来不出来は、もっといやなことをお伴に連れていた。四十何歳まで誰に抑制されるでもなく、自分次第に好きな生活をして殆《ほとん》ど家事・料理に疎《うと》く暮して来たらしいははが、この台処に立たされ、不平不満だらけでやりきれなかったのに、同情同感は深くなった。私ははははよりもっとその憂鬱《ゆううつ》の感情をむきだしにしていた。けれどもははは、私がははをさしおいて家事一切をすることに誇りを害され、疎外《そがい》され、無理に隠居させられたように誤解していたらしい。酒飲みの父をいやだと嫌《きら》った私は、しかしははのように父を一人ころんとおっぽり出しておくというような、ばさばさした気持には到底なれなかった。父の酒を飲むすがたには、云うことのできない心惹《ひ》かれるものが滲《にじ》んでいた。うっすりした悲しみ、と私はかりに呼んでいる。濃い悲しみには堪えもしよう、手にも取り得ずしかもたしかに眼には見える、うっすりした悲しみほど私の心を縛るものは無かった。父の酒を飲む時間が重なれば重なるほど、私はその勝手放題な文句を恨みつつ歎《なげ》きつつ、やはり襷《たすき》をくぐらせ前かけをしめずにはいられなかった。ははのしたであろう努力も疑わなかったし、自分のしている労力も惜みないものだと慰めてい、そして生母はいかにしてこのことに成功し得たかを考えた。生母は遂げた。継母は遂げ得ずにいる。生母のおもかげを偲《しの》んで、私にさせたかったらしい父、成就は覚つかなさそうな私。もし父の満足を得るほどにてきぱきできたときは、ははは顔が無いことになった。先妻とまま子と夫にひけ目を感じ、孤立の状態になる、これは極《ご》たまに私が父に褒《ほ》められたりするときに、はっきり現われた。「おまえもどうやらやれるな」と父はおまえもと云った。そばに聞いているはははさっと顔を固くし黙りがちに、ものも云わなくなってしまう。この経験は相当私の心を臆病《おくびょう》に凍らせた。もし又、できないとすれば父はまた、「おまえもできない」と云い、思わく外れの歯痒《はがゆ》いことなのだろう、生母に似ぬゆえに私は父を悲しませ、父から疎んぜられた。これも私にはさみしい痛手だった。できてもできなくても、所詮《しょせん》は蟻《あり》地獄に墜《お》ちた蟻である。三叉《さんさ》の路を辿《たど》れば、どっちへ行っても行きどまり、どっちへ行ってものがれられない。正月は来客が多いだけ忙《せわ》しいだけ、感情も労力も酷使され、若い暦は過ぎて行った。

とだけ云えば、これはうそである。私のルーズな心は、苦悩にも悲しみにも、べったりと塗りつぶされきることは無かった。憂愁やごたごたのさなかにいてさえ、そんな不愉快なことはちょいと棚へあげたようにして、しゃあしゃあと活動を見にも行けばそれも楽しいし、歌留多を争えばそれも面白かった。父の、ああでもないこうでもないというそれも、美味には違いなかったが、私には金つば一ツにもかぶりつくうまさがあり、焼芋一本にも十分な満足があった。若さにはそんな遁《のが》れ路《みち》が通じていた。それには父が寛大に、遊ぶこと楽しむことをゆるしていたからである。毎年、暮には家族の皆にそれぞれ歳暮をくれた。私にも弟にも、御歳暮、父と書いて熨斗《のし》をはさんだ紙包みを貰った。五十円であった。五十円は錦紗《きんしゃ》の著物と羽二重の帯が新調できた時代である。けれども箪笥《たんす》に新しい著物は殖えなかった。父の粗衣に堪える躾《しつけ》と、耶蘇《ヤソ》教学校のじみさと、何よりも不器量な容貌《ようぼう》に卑屈になった根性とが、美しい著物に執著をもたせなかった。

五十円の使途は勝手である。弟と一緒に暮の雑沓《ざっとう》に出て、第一に晩翠軒《ばんすいけん》へ行くのが常例だった。写奏一対《つい》、七紫三羊一対、蟹《かに》水仙二三根。これが毎年きょうだいから父の机辺にたてまつるささやかなお礼心であった。晩翠軒の買いものを済ましてしまうと、あとは銀座・浅草と、浪費の買いものと遊びがはじまり、楽しい一日を済ませて隅田川を渡って帰る頃には、すでに冬の陽《ひ》は落ちようとしている。暮れかかる書斎の扉《とびら》をたたいて、一人は水盤に花を、一人は塗り盆に二対の筆を、ふたり揃ってささげると、心はちょっと改まった。正月二日、勉強はじめの書斎にはいると、年末にあれほど山積していた書物や原稿の類がすっかり片づけられて、デスクの上には文具が整然とし、筆架にはこの新しい筆がくっきり黒くしてあり、デスクの左端、窓に倚《よ》せて水仙は細い花頸《はなくび》をのべて膨らんでいる。この贈りものはずっと後まで続け、父はこれらの筆でどれだけのものを書いただろう。私も弟も父から貰った歳暮の記念になるようなものは何一ツ残っていないけれども、それにしても浪費の楽しさはなんと満足だったことよ。

＊

昭和二十二年元旦の心覚えがある。

曇、氷雨《ひさめ》時々、寒し。父は八時に機嫌よく起きて、手拭・歯ブラシの新しいのを喜んでいる。手拭は夏から心がけ、藍《あい》一ト色のさっぱりした柄をととのえておいた。寝巻は前晩に新しい絹紬《けんちゅう》の袷《あわせ》に著かえていたし、著物は著られないから仕附を取ったばかりの丹前である。九時。文子・玉子お相伴して祝い膳に対《むか》う。焼けてしまって道具が無いから屠蘇は略す。祝儀の物だから私は随分気にしていたので、不行届を詫《わ》びた。大層な怠慢のように感じられ、申しわけの調子はわれながら、じくじくしていた。「まさかおまえ屠蘇の道具が欲しいんじゃあるまい？」どきっと、思いがけなかった。伏せた眼に私が知らずに描いていた相手の父は、意力も体力も憎々しいほどに強い中年の男の姿だったのに、ちょうど十六七のころ見た正月の不機嫌を一杯に漲《みなぎ》らしている父という男だったのに、はっと見るそこにいたのは柔和な、痩《や》せがれた、すっきりしたじいさんだった。腕臂《うでひじ》張った様子も無く、かがまり縮んだわけでもなく、安楽なすがたのじいさんが世話の調子でものを云っていた。「あったものが無くなれば勝手違いだというんだろ。そこだ。勝手違いのさみしさなどにかまけていては、大切な若い勢いがそげてしまう。今は若さが大切だ。としよりのわたしをいたわってくれるために、僅《わず》かに残っているおまえの若さを削《そ》ぐことはつらい。屠蘇の習慣的なことを続けようと無理すれば、おまえは大苦しみをしても足りない。おっぺしよれてしまう筈《はず》だ。一向かまわないから伸び伸びやってくれ、時が来ているのだよ。」私にはだんだんと嬉しさがこみあげていた。玉子がお銚子を持ってはいって来、一献《こん》たてまつった。「やあ酒があるのかい。」父は相好を崩して干した。子・孫は居ずまいを正し、おめでとうを云った。数年前からの習慣で、父は元日にちょっと私に礼を云う。その時もやった。「だんだん齢《とし》をとっていよいようろくになって、おまえたちに面倒をかけることもますます多くなった。去年はことに世話になった。今年もまたおまえたちの世話になって。」ここまで云って息を切り、絶句したかたちになった。私は眺《なが》めた。血色のいい顔がにこにこしてまっすぐを見ている。だんだんに笑《えみ》が深くなって、しまいに、ははは と屈托《くったく》無く笑いだし、「や、めでたい、いや、めでたい」と云ってなおも笑った。私もつれて笑った。玉子だけが声を慎しんで、しかしにやにやした。

九時半、就寝。かつて見ない穏かな元朝。とにもかくにも叱られずに済んだ。気ぬけがした。――と、これは私のメモに書いてある詞である。

三日、晴、風強く寒気甚し。きのうの通り玉子父上の介抱をして洗面を済ます。私は台処にいる。お膳を運んで玉子云う。「おじいちゃまはお膳を持って行くと、こわい顔をしてこっちを見るのよ。でもお盃がついているのを見ると忽《たちま》ちにこにこして優しくなるのよ」と。お銚子を持って行って又云う。「大層いい御機嫌よ。きょうは風はあるが天気はよし、三日とも結構に御酒《ごしゅ》をいただいて、まことにめでたいという御挨拶よ」と。酒は配給の酒である。かつて罵《のの》しりやまなかった配給の酒である。肴は往年のお供衆に出した肴に劣る。器は皆ちぐはぐ、畳の破れた家である。これをしも結構と云って、機嫌よくしたまうとは。哀感一時に浸《ひた》して落涙す。すなわち泣きぞめである。——これも私のメモである。

今年は喪の正月であった。かつて父に、家に伝わる文献を調べて家元たることを証してくれと頼んで来たのが縁で、古流の宇田川さんが毎年春の花をしてくれる。押しつまって忙《せわ》しい盛りを例年の通り来てくれたのを見て、喪の床だがなあと思ったのは私のあさはかだった。軸の無い床に茶の壁を背にして活《い》けられたのは、ひそりと水仙ただ二花《にか》。三ヶ日とも人は来なかった。正月が無ければと願ったことは約二十年後になって私にかなえられたわけだ。紙鳶《たこ》の唸《うな》り、羽根の音、私の正月でない正月は寂しいものであった。

啐《そっ》啄《たく》

三十何年も前の懐《なつ》かしい想《おも》い出である。非常によい天気の日で、父と私は庭のまんなかに立って、どういうわけだったのか、二人とも仰向いて天を見ていた。突然に父が云った。「おまえ、ほら、男と女のあのこと知ってるだろ。」

「え?」

「どれだけ知ってるかい。」父は仰向いたなり笑っているようだった。

はっとした。羞《はず》かしさが胸に来たが、羞かしさに負けてうなだれてしまうような、優しいおとなしい子でない私だった。

「知らない!」

都合のいい常用語が世の中には沢山ある。「知らない」の通じる意味は広いのである。学校の先生は「知らない」は「知らない」だけにしか教えないけれど、こどもはいつかちゃんとそういう、こすいことばというものの威力を心得ている。私は明らかにごまかそうとしたのである。

「ばかを云え、そんなやつがあるもんか。鳥を見たって犬を見たって、どれでもしているじゃないか。第一おまえ、このあいだ菜の花の男と女を習ってたじゃないか！」

図星なのである。花の受精は理科で習った。しかしそれは動物、ことに人間の性欲とを一直線につなげることができるほどに覚《さ》めてはいなかった。鳥も犬もよく知っている。菜の花を無色とすれば犬は単彩である。それとても大部分は姿態の滑稽感《こっけいかん》が一等さきに眼を誘い、なにか異常感もかんじはするが、それがはっきり人間とは結びつかない。雄と雌、人外のことという考《かんがえ》のほうが勝っていた。人間にもそれに似た特殊なことがあると、ちらちら小耳には挟《はさ》むが、現今の住宅難による雑居のようなすさまじい世の中ではなかったから、眼からさとらされる恐ろしい経験はしていなかった。知っていると云えば、それだけでもすでに知っているのであり、知らないとはうそである。父の何気なく云いだしたことばはマッチであった。しゅっという発火のショックにちょっとたじろぎはしたが、光はあるかたちを私にはっきり見せた。啐啄《そったく》同時であったのだろう。「正直な気もちでしっかり見るんだ。これんばかりもうそや間違いがあっちゃいけない」と云い、「きょうからおまえに云いつけておく。おしゃべりがろくな仕事をしたためしはない。黙ってひとりでそこいら中に気をつけて見ろ」と云われた。

私の家は小梅の花柳街に近く、玉の井の娼家《しょうか》も遠くなかった。縁日の夜などござをかかえた女の影を、路地によく見かける。したがって道にゴム製品の落ちているのは珍し

いくないし、その製造工場もあって、友だちの母親やねえさんで、そこの工女に通《かよ》ってい
るものもあった。私もそれを分けて貰《もら》って遊んでいると、いきなり手頸《てくび》をひっぱたかれ、
襟《えり》がみをつるされて湯殿へひったてられ、強制的に手を洗わされ、さて大眼玉を食った。
しっかり見なかったといって叱《しか》られたのであるが、およそ不可解だった。「わからなけ
りゃ叱られたことを忘れずにいろ」と云われたのだけはおぼえた。

女学校一年の春、書斎へ呼ばれ、これを読めと指さされた机の上には、厚い辞書が開
いてあった。女体の図解と説明があったが、はなはだ難解であり、一しょう懸命にわか
ろうとした。本を伏せ、外へ出、梨《なし》の花の下にたたずんでいると、大昔から長い長い年
月がたっているんだな、という気がした。云ってみれば、自然と学問の尊さに打たれて
いたとでもいうものかとおもう。その後、夏、はばかりは紙の化学変化で点々と赤かっ
た。ははは私に来潮があったと誤解して訊《き》いたが、その態度が私に実にいやだった。同
じ主題の下《もと》、父には神秘なものを感じて感謝し、ははからは不愉快と不潔をしか受けと
らなかったとは、おかしなことである。

江東は水害の危険がある地だったから、隅田川の堤防補修工事はしょっ中といってい
いほど次々と行われてい、働く土工夫は土手を行く婦人をからかうのを仕事のつきもの
にしていた。学校へ、おつかいへ、往復する私も彼等の口からのがれるものでなく、卑《ひ》
猥《わい》なことばが投げかけられる。私は腹を立ててははに訴えていると、うしろに父が聴い

ていて、「そんなことぐらいでおまえは閉口していては、いまにもし応酬しなくてはならない場合があったら一体どうするつもりでいるんだ」とやりこめられた。

きたなく云えば無際限にきたなくなって遂には乱に及ぶ因にもなるのだから、ことばを択《えら》まなくてはいけない、それが秘訣《ひけつ》なのだと教えられ、古事記一冊が教科書として与えられた。しかもその古事記たるや成友叔父の註釈に成るものであったから、ちょっとびっくりした。のちに果してそれは役立った。私は開き直って座の人達に云った。「そんなむきつけなことばでなく、もっときれいにお話しになって頂戴《ちょうだい》。みとのまぐわいとおっしゃいよ。」

あっけにとられた顔を尻目《しりめ》にかけて、私は身をひるがえした。「なあんだ、古事記も知らないでそんなこと云ってるのか、さよなら！」

父は大いに笑ったが、私が古事記からおぼえたものはその一語よりほかないと聞いて、いよいよ大笑いに笑った。

その後、猥談の小咄《こばなし》をちょいちょい聞かせてくれた。前身教育者であったははが、父のやりかたへ真向《まっこう》から反対し論争になり、中に入った私はちぢこまりながら両方の説を聴いた。ははは、そんな話を聞かせる親聞く子では家庭の神聖は保たれず、堕落の風になってしまう、第一処女の羞恥《しゅうち》がなくなってはばくれんになる、と云う。父は、なまの羞恥心ぐらいあぶないものはない、猥談を聞いて消失するような羞恥心なら、むしろ取り去ったほうがいやみがなくっていい、ほんとうの羞恥とは心の深いところから発するもので、それが美しいのだというようなことを云って、「親の聞かせる猥談ほど大丈夫な猥談は、どこを捜したって無い」といばったから、母は歎息《たんそく》とともに黙ってしまった。私には結婚は羞恥の楽しさの連続であるようにおもえた。一碗《わん》の茶をすすめる楽しさも羞かしさが加味されている。猥談による男女間の羞恥の消滅などはないとおもう。結婚直後の、まるで挨拶のように云われる猥雑な文句にも、私は平然として色を変えずにいて人々を驚かせ、二人きりであるべき境界線の内を他人に窺《うかが》わせまいとした。それにもかかわらず父の云わなかったような云いまわしかたには、たちまち足をすくわれてかっとのぼせるようなへまをした。なまの羞恥はそんな危険があり、なぜもっと父の話を沢山聴いておかなかったかと悔やまれた。

＊

私に娘が一人いる。ほとんど戦争のなかで大きくなって来たようなものである。その父はアメリカにいたことのある人だったので、性教育の賛成者であったが、娘の運命は父を離れて祖父と母と三人で暮すようになってしまった。私は自分が施された教育を譲ってやりたく思ったが、かつて私が父にもった信頼感をよく娘にもたせ得るかどうか、はなはだ心細く、己れの非力を羞《は》じていた。ところが祖父は子の私にしたように孫にはしなかった。とんぼもかまきりも実物の観察は第二にして、まず全体的に強くなる工夫を施してやるのが、こんな乱世には第一階段だと云って、好めば何でも読ませろと指図した。

当時五年生の子は漱石の猫を愛読してい、祖父はそれをよしよしと云った。ある日、私と子はバスで吾妻橋を渡っていた。おかっぱにセーラ服の小さい子は突如、「かあさん、この橋が恋の橋でしょ」と云った。「寒月さんが恋をして気が変になったのはこの橋じゃないの?」

そばにいた大学生が噴きだし、彼女ははははと笑って、私だけが狼狽《ろうばい》して暑くなった。又ある日云う。「毎朝学校へ行く道に男の人が待っててくれるの。とても親切で、こんだ電車へもうまく載せてくれるし、どんなに押されてもその人がちゃんと抱いててくれるのよ。雨の降る日なんかその人が待っていてくれるといいなと思うのよ。」おつもの髪がたんとあって、眼鏡の人だという。私は安らかでなく、いくつ位？と訊《き》く。「心配いらないのよ、恋の人っていうんじゃない人なの、おとうさん盛りっていうくらいの齢《とし》の人なの。」

孫の話をおかしそうに聴いていた祖父は、「ちっとおっかさんしっかりしないといけないね」と私を笑った。

そのうち戦争は厳しくなり、その小学校の屋上に兵が寝泊りするようになって、噂《うわさ》が流れはじめ、先生の苦心をよそに上級男女生は放課後防空壕《ごう》遊びをしていたという話が伝わって来た。むかし、私が犬や鳥の姿態に滑稽と異常を感じた、それと同じものをいま娘が友だちの上に感じて観察をしている態度でいることを知ると、私ははっとした。そしてマッチはいま擦らねばならないとおもった。

女学校は勤労動員で飛行場へやられた。この頃は人情本・黄表紙を与えてどんどん読ませていたが、梅ごよみはどけておけと命令した。西鶴の作品などもわかりやすく話してやり、色好みな女が年老いて五百羅漢は皆おもわくという条《くだり》など、孫もおもしろがって聴く始末である。工場のなかは早熟な恋愛と肉体が渦《うず》を巻いている。空襲の惨禍につれて起った捨てばちな行動は、いやでも眼と耳をゆすってつきつけられるらしいが、読んだもの話されたものは、どれも工場内のものより高く美しかったから、さいわいそれほどの刺戟《しげき》にならず終戦を迎えた。

疫病《えきびょう》のようにエロといわれるものが拡《ひろ》がった。私はそういうものを一切隠さない。一ツ読み二ツ読み、娘はうかない顔をして質問する。

「ほんとのこともこの通りなの？」

「心ごころさ。だから大切なのよ」と私は云う。

学ぶことは自らすべきであり、保護は長上がしてやるべきである。父から子、子から孫へと伝えて来て、今日なお私にも娘にも役にたっているのは「正直な態度でよく見ること」であり、親子隠さずに話しあうことである。

おもいで二ツ

こんな話でももしもどなたかのお役にたつことでもあるでしょうか

稀有《けう》の実際

身うちのものだけが集って俳諧《はいかい》をやったことがある。なにしろ七十歳の幸田延子をかしらにして、当時小学生だった私の娘にいたるまで、多いときは十二三人、すくない時で五六人、多少心得のあるのも、まるまる無知識なのも一緒くたにすわった次第である。

最初の会が果てて人々が帰ったあとで父は、「おそろしくくたびれさせる人たちだよ」と云ったが、機嫌《きげん》はよかった。題が二ツ三ツ出され、期日には当番が集った句を無記名に浄書し、綴《つづ》って添削を乞《こ》う。次会席上で父は講評してくれるのである。

父の住いは蝸牛庵の名の通り、はなはだ粗末な貸し家であった。客の通る部屋は八畳、廻《まわ》り縁、東南障子、北壁じきり、申しわけばかりの一間の床の間に花のあるときもあり無いときもあり、ことさらな物は何一ツない。句会のときには床の前へ桑の小机一基、上に朱硯朱筆《しゆけん》、めがね。父はここへすわる。脇息《きようそく》、煙草盆《たばこぼん》、煙管《キセル》、痰壺《たんつぼ》、薄い膝《ひざ》かけ。これらを父は、わたしの猿引《さるひき》道具と称していた。

会はいつも晩酌《ばんしやく》後の時間であったから、父は威勢がいい。評をすべき句を読み上げて、「句主《くぬし》は誰だね」と見まわす。褒《ほ》められるときはいいけれども、やられる時はこたえる。たしか四五回目のときと覚える。春景雑詠。例の通り、「句主は誰だね。」私はとうとうやられることになったわけである。「おまえかい。」父はにやにやする。父は誰より一番私をやっつけいいらしい。そんなことはこっちも承知の上だが、いささか武者顫《むしやぶる》い、いささか胴顫いのかたちになるのは、われながら頼りない。「篊《ひび》かすみ流れ海苔《のり》ありとは、こりゃ何だね。あれほど写生を勉強してみろと云ってるのに、なぜこういうけしからん句ができた。」「それ写生なんです。」冗談いっちゃいけない、という目つきで父は私を見る。「ふむ?」

私はたまらないから、ぺらぺらしゃべり出す。その日はいい天気で、船頭は某《なにがし》で、海はどこの海で、まったくの凪《な》ぎで、向うに海苔粗朶《のりそだ》がぼうっと見えていて、その辺はもう底が見えるほど水が透いていて、海苔が流れて来た。父は、おまえら如きにだまされないぞ、という顔つき。「おまえの見たのはほんとに海苔なんだろうね、ほかの海草じゃあるまいね。」「いくら文子が知らないったって、生海苔はお刺身のつまにもついて来ます」とやる。「はてね、おかしな海の景色だ。おまえがそれほどまでに云うのならうそとも思えないから、こりゃ実に稀有《けう》の実際だ。世の中には稀有の実際もあり得ることだが、それをわがものに取りいれるには、こりゃ並《なみ》や一ト通りの芸じゃ及ばないものだ。海苔というものはそんな麗《うら》らかな春の海に、むやみにちぎれたり流れたりするものではない。海苔の生態を知っているものからすれば、無知の空想ででっちあげた驚くべき句である」と云った。

しかし私は見た実際を疑っていなかったから、こりゃ変なことになった、大きな蛤《はまぐり》がいて不思議な幻術でも遣ったんじゃないかと、へんな気がしたりおかしくなったりした。父は又、「恐らくはこの前日は相当な時化《しけ》でもあったろうと思われる」と云い、ふと、「おまえの見た流れ海苔とはどれほどの分量だった」と、にやりとした。すなわち問題は解けた。一ト ひらや二タ ひらの海苔が浮いて来たって、それは海苔が流れているのにまちがい無くっても、海のなりわいの人たちはそんなものを大袈裟《おおげさ》に流れ海苔とは云わないのである。「知らないやつにあっちゃ知ってるものはかなわない、知ってるだけにあれこれ考えさせられて大きにまどわされた」とこぼしながら、海苔について一ト講釈あり、私はあてずっぽうなことばを遣ったと云って、のされてしまった。私がうたったつもりの陽光駘蕩《たいとう》たる春の海は、父には、はて心得ぬ景色よなあ、というわけである。

私は海苔が流れてるから流れ海苔といったまでののんきさであるが、もののまちがいはこんなところから生じる。未熟な人間が楽な気もちでいいわけがない。千万錬磨《れんま》の後にはじめて定まるべき楽な味である。稀有の実際に会うの運は生涯《しょうがい》に一度か二度か、稀有に会って、しかも稀有を云いとる自在を得ていなくてはつまらない。俳諧はたった十七字である。

やまぶき

題は山吹だった。締切まではまだ日数がある。句作ははじめ楽しいつもりでやりだしたことなのに、しばらくするうちに誰もみんな苦しくなって来て、はては幾分重荷にさえなってしまった。だから句会が済んだあとは気が楽々するといった様子があった。勿論《もちろん》私などは句会の翌朝は、もっとものびのびしていて、朝食後を縁側などに遊んでいた。

「できたかい?」――咄嗟《とっさ》に呑《の》みこめなかった。何のことだろう? 父のおでこは起きて一二時間は殊《こと》に白く澄んでいるときがある。そういうときは平安なのであるが、平安の層の底にある心の方向を読みとることは、いつもより一段むつかしいのである。「山吹だったね。」

それで、やっと句の話であることがわかった。「おまえは山吹を、いままでにすでに知っていると思っているだろうが、それは多分本然の山吹のすがたじゃないよ。知ってるとおもって胸にもってることなんぞ、実はごみくたみたいな、へどみたいなことなのさ。きたないものはみんな吐きだして掃除してみないか。」素直に、そうしてみようと思った。が、ここが賢愚鋭鈍の岐《わか》れ路《みち》であった。父のことばの奥行をさとるより、私はのんきに締切までの日数をかぞえていた。

その晩ふたたび、「できたかい」と云われた。おや？　と思いながら、とにかくにも二句三句案じしるした。翌朝、それらの句はいとも簡単に、「いけないね」の一言を手向けられて捨てられてしまった。その上、「四十年のごみくたは二句や三句で済む筈《はず》が無い、吐きだせ吐きだせ」と不機嫌である。句の催促は毎食毎《ごと》になって来た。できていなければ、それそれと即吟させられる。つまっていると、「それじゃ句にしたてなくていいから景情を云ってみろ」と云われる。ここに至って私も漸《ようよ》う、へんだなと思いはじめた。しごとも何も手につかない。山吹の亡者《もうじゃ》にとりつかれでもしたように、ただ山吹山吹と山吹だらけであったが、そのうち無性に癪《しゃく》に障ってきた。家の中にうろうろしていてはたまらない、かねて知っているあの小路、ここの垣《かき》へ出かけたが、惜しやすでに花は過ぎていた。

父は機嫌がいい。「されば、今度こそは文子たるもの一句あっただろう」とからかう。文子黙然。さあさあと急《せ》きたてられる。こうなると私は、むやみにのぼせて来る。うむうむと、せっぱつまって苦しまぎれに、口から出まかせだ。来て見れば花なく句なく暮れにけり、挙句の果とはこれである。あはあはあは、と父はひっくり返って笑った。「おまえ、こりゃほんとの落題だ。」

翌日は、「おまえはシソーに乏しいやつだ」と極《きわ》めをつけられてしまった。「シソーって何のこと?」「詩の心さ。」ほんとにそうらしい、私はうなずいた。うなずいたなりの頸《くび》をあげる勇気は無かった。反射的に、——詩想は学んで、養って、得られませんか、と救いを求めたい心が騒いだが、かたく嚙《か》んだ歯は舌を動かさなかった。父も無言、私も無言。霧が一杯にこめたような感じだった。藤の実つたう雫《しずく》ほっちり、——何十年か前にまだ若く逞《たくま》しかった父は声の幅も広く太かった。「なぜ藤の実か、なぜ雫か、一切のなぜを捨て去っておまえはこの句を見るときがあるだろう」と云った。胸にしまったなり忘れていた句が、一切のなぜの網目をぬけて今じかに私に触れていた。

締切にはなお日があった。吐きつくして残らぬとは云え、一句でも出さないわけには行かない。私にはもともと、あまちゃんのいい気な性分が多分にある。日がたつとともに、藤の実の句に深刻そうな気分にされたことなぞ忘れて、いい気になる。詩想があるにせよ無いにせよ、落第卒業はみんなの手前あんまり恥かしい。そこでロハニズムをやることにした。父の俳句は随分父の色が濃い。そこを狙《ねら》ってやるのを、私はロハニズムとひそかに称していた。はたして私のロハニズムには点がかけられていた。

句会。

風そより山吹ほろり水しよろり

「これはりの字をろにしたらどうだい。」風に易《か》うるに陽を以てせば如何《いかん》とか、感情を附すは如何とか、古臭さを脱する工夫如何とか、を話してくれた。「が、一体こう乙に気取ったのは誰だい。」待っていたのである。「なあんだ、おまえかい！　こーいつめ！」みんなはもとより事の筋は知らないのだが、父のふざけおどけたことばの調子につられて笑った。私は大いに愉快だった。

父の歿後《ぼつご》、俳句の話が出たときに私はこれをしゃべった。座にいた人たちはおもしろがって笑った。私も楽しく笑ったが、笑っているうちに雫がほろっとこぼれた。小説家露伴、学究露伴、そして私には露伴なるちちおやである。

あとがき

「本を出しましょう」と云う。私ははずまない。むにゃむにゃとあいまいな返辞をしている。本屋さんはもの馴《な》れた調子で「はあ」とおとなしく受け、雑談をする。雑談だとおもっていると、またいつのまにか勧誘になっている。穏かなその話しぶりに対《むか》いながら、私の胸には亡父のすがたがうかんでいる。

二十一歳から筆を執って八十一歳に終る日まで、ずっと通してものを読みものを書き、板に上《のぼ》せた本は何冊になるだろう。亡《な》くなる年の春であった。世は敗戦のどさくさで、誰もみな落ちついていることはできず、ざわめいていた。父はもう老衰の床から起《た》てなくなってい、ある日その枕頭《ちんとう》に低く身をかがめて語る来客があった。本屋さんであった。旧作の出版を勧めているのである。微笑して父は云う、「今どきわたしの本なんぞ出して、売れるとおもっていたらまちがいじゃないかね。」本屋さんは働きざかりの九州男児である。言下に実にはっきりとした返辞をした。父はいよいよ微笑を深くし、話は成立し客は帰った。

「あの人は損をしなければいいが。」そこで茶器をかたづけていた私に話しかけたようでもあり、ひとりごとのようでもあり、しかしなんとも云えないしみじみした詞《ことば》つきが打って来た。「なぜそんなことを気になさるの。」「なぜって云うけどあの人は若いもの。」そう聴いておかしかった。しみじみした気もちは吹きとんでしまって私は笑った。「いくら若いったって向うは商売人ですもの、見す見す損をする見透しの本を出さしてくれって頼みに来るわけはないでしょ。」私の云うように何でもが思わく通りに行くものなら、いまに本屋はみんな金持になるっていう勘定だが、そう行かないから気が傷むのだという。「だってそこが商売の上手下手、腕の見せどころで、なにもおとうさんが損するの何のと気に病む筋じゃないのに。」私はいよいよ笑ったが、父は誘われなかった。「伊達《だて》や粋狂の本屋なら損をしたってもともとが粋狂だからいいけれど、本気に本屋商売だからこそ、わたしの本なんぞ出して損をしてもらいたくないって云うのだよ。」

私には父の本が出版されることは、幼いときから見馴れてきた一ツの極《ごく》あたりまえな習慣のようにしかおもえていなかった。本を出すことについて、又その出来のよしあしについて、ことさらな話をしかけられたことは私の覚えになかった。本屋が来、父は許諾し、幾日かたつとそれはいつの間にか然《しか》るべき一冊の形になって出来《しゅったい》し、印税がとどけられる。ただそれだけのひっそりしたことで、父にも私にも特別なこととはおもわれなかった。それが今こうした詞のやりとりをするとは妙であった。子というものはわがままである。父が昔のままの強さを発揮しているのを見れば、おとうさんていう人はなんていつまでも若い気で頑固《がんこ》なんだろと反撥《はんぱつ》したし、すこししょんぼりしてでもいられると、あれほどの人がどうしてこうも平気で年齢の征服に唯々《いい》としていられるのかしらと、いやな気がする。まだしも強くていられる方が張りあいがあり、弱ったところを見るのは腹が立った。いま一冊の本を出すのに、こんな遠慮っぽい気の廻しかたをしているのを見ると、なんとなくいい気もちではなかった。私は老衰を憎むのじゃあないんだよ。そんなわけのものじゃないんだ「おまえの云うような、そんなものじゃないんだよ。考えてもごらん、きのうやきょう初めて本屋にかかずらわったんじゃないんだよ。この齢《とし》になるまでに出した本は何冊になるか。」金が入り用で無理に出させた本、義理や人情に惹《ひ》かれて已《や》むなく出した本、先生の本は売れなくてと面と対ってずけずけなされた本、もぐりで何版も重ねて出された無検印本、――「本屋とは長い間のつながりあいだ。思いだせばいやなことはいくらもあるけれど、おまえの云うようなもんじゃないんだよ。今こうやって齢をとって臥《ね》ている身になって、この時勢だ。本を出すのはいいが損をしてはもらいたくない。八十になれば人とのつながりあいは、おまえの思うようなものじゃなくなる。――私の本は売れる本じゃない。」八十年の浮世の潮《しお》に染ったあいの色が、ふっと見えたようにおもった。私などのまだ生れないまえからの父の艱難《かんなん》して来たいっぽん路が、ふっと映ったようにおもった。子の心は無節操にもひとしく勝手をきわめて変化する。ついさっき父の気の廻しかたを歯がゆく思ったくせに、いままた人生に堪えて来た父の姿をうかがい知れば、たちまち手放しに感歎《かんたん》する。「おまえの思うようなもんじゃないんだ」という詞に私はすなおになった。なるほど、きっとそうなんだろう。真夏もなお手足のさきから冷えてきているほどの老軀《ろうく》の、胸ふかぶかと抱いている埋《うず》み火《び》のようなほの暖かさは、四十歳代の私には所詮《しょせん》ときがたいものであり、父との話のあいだにおのずから寂しい雰囲気《ふんいき》がしずもっていた。

私は本、読むこと、書くことの中に生れて育った。生母は昔風の謂《い》わゆる世話女房型だったそうな。私も当時の普通どこの娘たちとも同じように、やはり将来を世話女房になるつもりで、範囲の狭い家事集積のなかで暮してきた。父の生命とする文筆の道は、父の性格の激しさといっしょになって私に嫌悪《けんお》の心を起させ、学問芸術に向くものをもたせなかった。それが父の死は私に運命の一変転を齎《もたら》して、人からものを書くことを次々に需《もと》められた。いつもただあわてて書いた。時間にゆとりの無いうえに性来のせっかちが手つだったから、書いたものはどもりのような章句である。雄弁に過ぎるという評もいただいたが、もし雄弁とするならどもりつつするおしゃべり、不具のいらだちでもあろうかとおもう。「あとみよそわか」を書いたころは、思いもかけずものを書く日の来たことにあわてて、なにも深くは思い知らず、本にしましょうと云われるままに約束をした。読みかえして見て、われながらどもりの文章に今更困ったが、一旦は書き直そうともおもい、そしてやめた。急《せ》き込むほどにますますどもるからである。なだらかでない己《おの》がすがたを、まざまざと見ることはさびしい。しかし、乗り気でなくとも約束は果したいとおもうのである。「損をさせたくない」と云った父は、出来にも不出来にもとにかく筆一本を構えて世を過した人であり、それでもあの時あの座の話には寂しさがあった。私は粗忽《そそう》なものを書いて、いま版にしようとしている。不具な分身を旅だたせるわびしさ、暮れゆく空に色を無くして行く雲を見送るようなさびしさである。

解説

塩谷《しおたに》 賛《さん》

昭和三十年度の短編小説集『黒い裾』と長編小説『流れる』の成功は、幸田文を作家にしてしまったらしい。そのことは当人の幸田さんにとって意外な推移であったろう。しかし驚くべきことではなかった。幸田文の方法は一つしかないのである。誠実である。誠実であることがその文学の方法であり、そして生活の方法でもあった。この人は文学の人ではなく生活の人なのである。誠実が文学の方法となったのは、生活の方法から導かれる唯一《ゆいいつ》の知恵だったのである。誠実に生き、誠実に愛し、誠実をもって仕え、誠実をもって反抗した。それが幸田文の歴史の全部であり、のちに詩法となった。父の遺産の全部であったとも言えるだろう。その文学にあらわれた誠実は、ときに業《ごう》とも呼ばれ、また愛とも呼び得るものである。私は心の痛みと呼んだことがある。父の露伴と子の幸田文を知るものには通じる説明なのだが、子が父から稟《う》けたものは顎骨《あごぼね》だったということだ。誠実の一本槍《やり》をつらぬく意志であり、少女時代の思い出「みそっかす」のなかのことばを借りれば「次男三男の冷飯っ食い」の骨である。父は幸田の三男として育ち、子は露伴の次女に生まれた。順序の運命も似ている。

——「夜更《ふ》け人定まりて静におもへば、我れはむかしの我にして、家はむかしの家なるものを、そも〳〵何をたねとしてか、うき草のうきしづみにより人のおもむけ異なるらん」とするした、『たけくらべ』『にごりえ』の作者の思いは、やがてこの著者の今日の思いであるかもしれない。

誠実はこの著者の習性である。誠実の習性は人間の世にはかならずしも便利でない。その習性をもった達人になると韜晦《とうかい》の属性を発揮するのは、ゆえなきにあらずだ。著者の誠実が韜晦の性をあらわすにいたるかどうかはわからないが、いまのところではそんなけはいは見られないようで、ときどき自己の誠実をもてあましている。見かたによれば、父の露伴は学問をもてあまして一時にせよ小説が書けなくなったのだが、韜晦をともなわない誠実も誠実な人間には持ちおもりのするお荷物である。斎藤茂吉が露伴の小説・学問・趣味を論じて、釣のことでも将棋のことでも、小説に出て来る山川草木、ことごとく実験を経ないものがないと言ったことがある。幸田文の文学にもことごとく実験を経ないものがない。もとより記録そのままは文学ではない。記録が文学であり得るのは視覚的要素と香気による。——思想性なんかではない。幸田文の文学を支えるものは視覚的要素と香気と、正確をきわめた表現力であろう。幸田文の随筆と呼ばれる記録文学が小説への自然な進行を遂げたのは、竜の子が竜になった生々《しょうしょう》の変化たるに過ぎない。小説は元来虚構である。虚構そのものはしかし文学ではない。虚構が文学であり得るのは、幸田さんがもてあましていたものすなわち作者の誠実によるのである。

思うところがあって、幸田さんのあまり知られていない文章の全文をつぎに掲げる。「印象」と題してある。

戦闘に参加しない女たちは軍医というものにどんな気もちをもっていただろう。明敏な頭脳と高度の技術、優しい心と勇敢な魂、おそらくこう描いていたとおもう。夫を息子を戦場に出していた人たちは、ことに切実にそう希望したことだろうし、希望は凝っていつのまにかそうときめて理想の像をこしらえていた。勝手なことだった。そのうち戦争はまずくなって負けた。兵だった人たちが皆解かれて帰って来た。その話のなかには私たちの思いどおりの軍医もあったが、一方には「軍医に恨みは数々ござる、ひでえ目にあわせやがった」と磊落《らいらく》かつ皮肉に笑って傷を見せる人もいたし、「特権階級だ」とにこりともせず吐きだすように云《い》う人もあった。女たちのつくった影像と男たちの云う現実のそれとのあいだには、はっきり差があることが知らされ、いまさらながら女たちははっとうなだれさせられた。私もその一人だった。

著者と私とは直接の交際はないが、その生家と私のうちとは同町内の、しかもすぐ近処に住む二十何年のおなじみである。校正刷を受けとって複雑な気もちがした。雑念を整理して頁《ページ》を起すと、すぐ胸に来たものがある。二三の雑文しか書いたことのない私が文章の巧拙についてとかくを云えるものではないが、ここにある文章の表情には書きなれない人のかなしさが浸《し》み出ている。それが私を撃って来るようだった。が、まことに文は人なりだ。馴《な》れなさのなかにおのずから著者の人がらが語られている。ことがらがまた更に親しさをおぼえさせる。この人ははじめて艦に乗るのだ。はじめて軍医の位置に就くのだ。すべてが無垢《むく》のする経験である。内火艇から自分の艦に乗り移るのにさえ、そう手際《てぎわ》よくは行かない。軍刀をはずしてロープをからだへ巻きつけて、やっと乗り移るのだが、服はロープの油でさんざんによごれてしまう、といったぐあいである。女たちのでっちあげた理想の偶像でもなければ、特権階級的軍医殿でもなく、その父母に兄弟に隣人に愛される温厚な一青年のすがたである。直面する一ツ一ツの新しい環境、新しい事態のなかへ素直にはいって行くのだが、そのまじめさと新鮮さが私をいっしょに艦のなかへ誘いこむ。

艦のなかのことは陸上のものには何もかも珍しい。まして潜水艦は特殊である、生じる事件も異常の連続だ。にもかかわらず、著者の筆がいつも等速度で動いているのはじれったい思いがする。たとえば、死ぬような苦しい潜航五十何時間後の浮上のくだりである。と、艦内は気圧が高くて、ハッチを開いたとたんに見張り員は天蓋《てんがい》まで投げあげられる。今度は逆に海面からの清風が風速四十メートルのいきおいで艦内へ流れこむ。甘い空気だ。さっきまで努力しなければ呼吸のできなかった胸はたちまち楽になる。鼠《ねずみ》までが生きものの顔をして空気を吸っている。一列にからだをくっつけあって五匹もならんでいる鼠。——こんな劇的な場面を著者は黙々とした調子で書いている。人間魚雷の特攻隊員と乗組員との心のあや、転勤になって艦を出て行く人と残る人との心理、いずれもちゃんと見のがさずにいるくせに、見つめつくしたところが書いてない。考えれば、こういう場合、異常は異常に感じられないのがほんとうだし、見つくすということは不可能なのが真実だろう。

事件にしてもあえて省いた部分もあるだろうし、意見にしても十のものを十二に云うたちの人がらではない。当時のほんとうを語らねばならぬと思っているであろう著者の心構えと人がらが、ものを書きなれないかなしさとともにうかがわれるのである。潜水艦軍医の書いた戦記を読み了《お》えて、私はほっとし、なお心にのこるものを咀嚼《そしゃく》している。

書かれた事情は文中に明らかであろう。昭和二十八年四月三栄出版社発行斎藤寛《かん》著『鉄の棺《ひつぎ》』に添えられたものである。全文を示したのは読者に読む便がなく、筆者の書物に収《おさ》められることもまずあるまいと考えたからである。乞《こ》われて校正刷に眼を通して書いたのだが、ここに浸み出ているのは幸田文の習性である。「まことに文は人なりだ」と言っている。書きなれない筆に同情するその人は、おのずから自己の誠実、読む技術と再現の能力が正確であることを語っている。まことに文は人なりである。もう一つは、この潜水艦軍医の書いた戦記がすべて「無垢のする経験」であり、「直面する一ツ一ツの新しい環境、新しい事態のなかへ素直にはいって行く」経過の報告であるということが、幸田文の文学的出発に対してもあてはまる評言なのである。本書に収められている『父』も『こんなこと』も幸田文の文学的出発であったが、『父』は無垢の経験によって書いた父の死の記録であり、『こんなこと』は父から受けた教育の答案のようなものである。『こんなこと』のなかの「ずぼんぼ」という題の文章には、婚約のよろこびと不安の時期にあった著者が父から和歌一首を貰《もら》い、それは「しらいとの、いざ身を惜む、という詞《ことば》をおぼえているが、どう続いていたのか、まるで忘れてしまっている」というのだが、その歌は「くれなゐによし美しくそまるともいさしら糸の清さをしけれ」である。女の無垢を詠じたこの露伴の歌もまた、幸田文の人と文学の香気をあざやかに言いあてているように思う。

「父—その死—」について私はすでに、創元文庫『父』の解説、角川文庫『幸田文随筆集』の解説に、また岩波書店の雑誌『文庫』に寄せた「露伴忌に際して」という一文のなかに書いた。同一のことは一つも書いてないつもりであるから今度も別なことを言う。『父』のなかの「葬送の記」は「雑記」「終焉」につづく第三作で、父の死の直後に書かれた著者の最も初期に属する文章だが、霞《かすみ》を題とした露伴の俳句が二つ引いてある。「老子霞み牛霞み流《りゅう》沙《さ》かすみけり」と「獅《し》子《し》の児《こ》の親を仰げば霞かな」である。第一の句は老子の伝説を踏まえている。史記にいう、老子は周を去って西のかた関を越えんとし、道徳経五千余言を遺《のこ》して遂にその終わるところを知らないと。その関がどこを指すのかということには説がまちまちだが、李《り》白《はく》の古風五十九首の中の句に、仲《ちゅう》尼《じ》は海に浮ばんことを欲し、吾《わ》が祖は流沙に之《ゆ》くとあるように、ここにはただ流沙の地方として一句を成し、史眼と詩情と、この作者らしい快いパースペクティヴを駆使し得たものである。——かつて私はこの句にそう註したが、この句は幸田文の父とその死の世界を象徴している。流沙は死を象徴する。霞みつつ去って行く老子と老子が騎《の》っている牛のうしろかげは、露伴の死に赴《おもむ》きつつある精神と肉体の象徴である。『父』の一編は日々の記録であるというより刻々の、死の影を見送るものの心の記録である。肉体の死の二日まえ、露伴の精神はもはや霞のかなたにあった。古い榎《えのき》にかこまれた祠《ほこら》の境内は夕闇《ゆうやみ》が濃く、さあっと風が来、ぱらぱらと榎の枝から葉が離れ散る下で、父の死の宣告を受ける瞬間がクライマックスをなしていて、それはあまりにも美しい。二十日のあいだ、著者は病む父を死の占領から守ろうとし、ついには父のからだへのしかかって暗い谷間を覗《のぞ》きこむ。父はそこにいなくなっていた。

著者が幼い日、獅子はその子を谷に蹴《け》落すという話を父から聴いた。試煉《しれん》に堪えられないで泣く弱い子に、谷の上で見ている親獅子は、食われてしまえと言うのだそうである。「おとっつぁんなら無論かわいそうだと思うよ。だけど獅子はいくじのない奴《やつ》は嫌いなんだからしかたがない」と父は言った。著者は子獅子のために泣いた。あるときその話の途中で、父にむかって「食われてしまえ！」と叫んだ。父は笑いだした。――このことも著者が書いている。『こんなこと』の主題は親獅子と子獅子の話である。「獅子の児の親を仰げば霞かな」という父の句は、子の文学の主題を象徴する。『こんなこと』については雑誌『創元』に一文を寄せ、創元文庫『こんなこと』角川文庫『幸田文随筆集』の二つの文庫本に解説したことがある。『こんなこと』に於《お》いて私が愛するのは適量の笑いである。私の感じではその笑いは斎藤茂吉のもろもろの随筆に見られる笑いと似ている。著者は茂吉の人がらを観察して、いなか出の都会人のよさを発見していたが、著者は生粋《きっすい》の東京人であるとともに「南葛飾《かつしか》郡は寺島村育ちの娘っ子」なのでもある。和製のにんじんである。その生いたちの記には洗煉された野趣があるのだ。なかでもいちばん長くて幸田文的な野趣が横溢《おういつ》しているのは「あとみよそわか」であるが、そこの二三の字句に註を施しておく。はじめのほうに、「父の方は流れて早き秋の雲、……」というのがあり、これは露伴の俳句「すいすいと流れて早し秋の雲」から取った。なかごろに、桜の版木を割るところの、「あがりがま」「ささ舟」「きくの浜松」は露伴の長編小説『風流微塵蔵《みじんぞう》』の編名である。終りに近く、「豆を煮るに萁《まめがら》を以《もっ》てす」ということばが出ているのは、魏《ぎ》の曹植《そうち》の詩句であり、肥桶《こえたご》をひっくりかえしてまさに野趣を横溢させる最後の場面の、「三仙の笑声天外に落ちた」とあるのは、元の高克恭の詩から笑語落天外というのをいたずらしたのである。こんなことまで書いたのは解説者の衒学《げんがく》ではない。幸田さんが忘れていたら思いだすようにである。お読みになるのには出典などはぬきにしても結構である。

（昭和三十年十二月）

＊解説者は本名・土橋利彦。本篇中の「土橋さん」である。（編集部註）

「父―その死―」は昭和二十四年十二月中央公論社より、
「こんなこと」は昭和二十五年八月創元社より刊行された。

幸田文著

おとうと

気丈なげんと繊細で華奢な碧郎。姉と弟の間に交される愛情を通して生きることの寂しさを美しい日本語で完璧に描きつくした傑作。

幸田文著

木

北海道から屋久島まで訪ね歩いた木々との交流の記。木の運命に思いを馳せながら、鍛え抜かれた日本語で生命の根源に迫るエッセイ。

幸田文著

きもの

大正期の東京・下町。あくまできものの着心地にこだわる微妙な女ごころを、自らの軌跡と重ね合わせて描いた著者最後の長編小説。

幸田文著

流れる

新潮社文学賞受賞

大川のほとりの芸者屋に、女中として住み込んだ女の眼を通して、華やかな生活の裏に流れる哀しさはかなさを詩情豊かに描く名編。

田辺聖子著

姥ざかり

娘ざかり、女ざかりの後には、輝く季節が待っている——姥よ、今こそ遠慮なく生きよう、76歳〈姥ざかり〉歌子サンの連作短編集。

田辺聖子著

孤独な夜のココア

心の奥にそっとしまわれた甘苦い恋の記憶を、柔らかに描いた12篇。時を超えて読み継がれる、恋のエッセンスが詰まった珠玉の作品集。

父《ちち》・こんなこと

新潮文庫　こ - 3 - 1

昭和三十年十二月二十五日　発行
平成十四年三月二十日　六十六刷改版
令和六年二月五日　八十刷

著者　幸《こう》田《だ》文《あや》
発行者　佐藤隆信
発行所　株式会社　新潮社

郵便番号　一六二―八七一一
東京都新宿区矢来町七一
電話　編集部(〇三)三二六六―五四四〇
読者係(〇三)三二六六―五一一一
https://www.shinchosha.co.jp

価格はカバーに表示してあります。

乱丁・落丁本は、ご面倒ですが小社読者係宛ご送付ください。送料小社負担にてお取替えいたします。

印刷・株式会社光邦　製本・株式会社植木製本所

ISBN978-4-10-111601-3 C0195